グラバーの暗号

龍馬暗殺の真相

出口臥龍
DEGUCHI GARYU

幻冬舎MC

グラバーの暗号　龍馬暗殺の真相

目次

序章

トーマス・ブレーク・グラバーは、テーブルの上に置かれたグラスに、琥珀《こはく》色の液体をなみなみと注《つ》いだ。細かい泡がたちのぼる。泡は白い層となってグラスから溢れでた。ホップの香りが鼻をつく。

庭に植えた赤いバラの花が、強い陽射しを浴びて首をもたげている。暗い部屋からは、壁に掛けた油絵のように見えた。グラバーはグラスを手に持ち、窓の光にかざしてみてから、ぐいぐいと飲んだ。喉を通る液体の刺激がこころよい。カイゼル髭《ひげ》についた泡を手の甲で拭いながら、大きなため息をついた。

「これこそ、まごうことないラガービールだ」

グラバーの目に、うっすらと涙が滲《にじ》んだ。ビールの仕上がりもさることながら、ある人物の面影が瞼《まぶた》のうちに浮かんだのだ。御一新《ごいっしん》といわれた、天下をくつがえす大事件のさなかに、こころならずも見殺しにせざるを得なかったある人物……。

グラバーは身づくろいをして、下谷《したや》区茅《かや》町（現在の台東区池之端《いけのはた》）の岩崎邸《いわさきてい》へ馬車を急がせた。

岩崎弥太郎《いわさきやたろう》は、大男のグラバーより一尺（約三〇センチ）も背の低い、ずんぐりむっくりの男だったが、その当時、日本人男性の平均身長が五尺ていどだったから、けっして小柄ではない。

「おお、グラバーさん。仕上がりはどうでしたか」

岩崎は広い客間で来客を出迎えた。応接セットのテーブルに、グラバーは持参したビール瓶を並べた。

「おめでとう、イワサキさん。本場に引けを取らない立派なラガービールです」

岩崎がさしだした骨太の手を、グラバーの大きな手が包んだ。緊張のあまり強張《こわば》っていた岩崎の顔がほころんだ。

*

ビールの醸造《じょうぞう》は、これが日本で初めてではなかった。御一新いらい、日本に住んだ欧米人が、なんどか醸造をこころみている。だが、いずれも失敗している。その工場を岩崎が買い取ったのは、グラバーのつよい勧めがあったからだ。造船などの重工業に手を染めてきた岩崎にとって、ビール醸造などまさに〝ミズモノ〟。しかも外国人の嗜好品《しこうひん》だ。これを産業だとは、とても考えられなかった。

しかしグラバーは熱心だった。

「イワサキさん。世は文明開化まっただなかです。かの鹿鳴館《ろくめいかん》の殷賑《いんしん》ぶりをごらんください。好奇心のつよい日本人社会にかならずビールは根付きます」

グラバーは鹿鳴館の名誉書記を務めていた。

「あなたが直接、指揮をとってくれるというなら、引き受けましょう」

半信半疑ながら岩崎は大きな顔をたてに振った。

それからというものグラバーの研鑽《けんさん》は続いた。イギリス風のビールは日本人には合わない。ドイツ風の味にしなければ……。

「たしかにいいビールだとは思うが、販売はどうなさるおつもりか」

上機嫌で岩崎は訊いた。

岩崎は鉄の塊りを売ってきた男だ。ビール一本の値段を言うと腰が引けるに違いあるまい。そう読んだグラバーは話を切り替えた。

「販売に移るまえに、まずトレードマーク、商標を考えなければなりません」

おもむろにグラバーは、持参した紙をテーブルの上にひろげた。

タテガミを振り乱した暴れ馬の絵が描いてある。

「なんですか、これは？」

「麒麟《きりん》といって、空想上の動物です」

グラバーはニタッと笑って、この動物画の由来を話しはじめた。

いつぞや太宰府天満宮《だざいふてんまんぐう》を参詣したおり、宝物館で奇妙な木像に出会った。見たこともない動物だったが、つよくグラバーの心を惹《ひ》きつける力がある。宮司《ぐうじ》に訊ねると中国から伝わったモノだという。これを譲ってもらえないかと懇請《こんせい》したが、かたくなに断られた。絵師に頼んで図案化したものがこの絵だった。

「いかがですか。なにか思い当たる記憶はありませんか？」

グラバーは身を乗りだして岩崎の顔を見詰めた。

「空想上の動物といってもなあ、ワシには馬のようにも見えるが……」

「頭はどうです？」

「頭は馬ではないな」

「喉から胸にかけてウロコのようになっているでしょう」

「龍？」

「続けて言うと……」

「龍馬？」

岩崎は絶句した。

目を閉じているが、長めの睫毛のあいだに涙がうかんでいる。

宮司の口から動物の名前が麒麟だと聞いたとき、グラバーは、

「えっ、キリング」

と訊きなおした。殺害という単語が脳裏にひらめいた。だがそのことは岩崎には告げなかった。新商品のラベルに、個人の思い入れを忍び込ませるなどもってのほかである。

慶応三年（一八六七）十一月十五日、坂本龍馬は京都河原町蛸薬師《たこやくし》の近江屋の二階で惨殺された。そのとき自分はパリ万国博の会場にいた……。

父危篤という差出人不明の手紙を受け取り、しばらく欧州に戻っていた。グラバー不在の日本で、龍馬は殺された。誰が龍馬を殺したか。ニセの手紙はいったい誰の策略だったのか。

「龍馬かぁ」岩崎がつぶやいた。「すごい時代だったよなあ。龍馬もすごい男だった。商標の件はあなたにお任せするよ」

いまや日本は、文明開化だ、殖産興業だ、富国強兵だ、と声高にいわれている。おおくの男たちが藻屑《もくず》のように命を捨てた御一新。龍馬の名前も忘れ去られようとしている。

岩崎の承諾は得た。グラバーは〝もってのほか〟のたくらみを、実行に移すことにした。

第一章　激動の島国

トーマス・グラバーは一八三八年六月六日、イギリス北部スコットランド地方のアバディーン州で生まれた。とはいえ州都アバディーンから、直線距離にして北へ約七十キロ離れた漁村フレーザーバラだ。人口の少ない漁師町だが、豊富な魚介類に恵まれていた。

奇《く》しくもこの年、遠く離れた清国の道光帝《どうこうてい》が、側近の林則徐《りんそくじょ》を広東に遣わし、アヘンの取り締まりにあたらせた。さらに翌年六月六日、すなわちトーマスの満一歳の誕生日、イギリスの貿易商からアヘンを没収し焼却処分するという事件が起きた。

これに怒ったイギリス艦隊が清国を攻撃。イギリス史上に大きな汚点を残した「アヘン戦争」が一八四〇年に起きている。偶然にすぎないのだが、グラバーは生まれたときから極東と浅からぬ因縁を持つことになった。

父トーマス・ベリー・グラバーは沿岸警備隊に所属する海軍士官だった。母メアリーとのあいだに八人の子ができたが、トーマス少年は上から五番目だった。少年は同級生より頭ひとつ抜きんでる体軀をしていたが、控えめで引っ込み思案なところがあった。

そのくせ父に、

「おまえは大きくなったら何になりたいんだ」

と訊ねられると、

「父さんのような軍人になって、世界を渡り歩くんだ」

と確信をもって答えた。

十一歳までをフレーザーバラで過ごしたグラバーは、スコットランドでは三番目に大きい州都アバディーンに移り住む。中高一貫校を卒業してロンドンに出た。軍隊というわけにはいかなかったが、大手の貿易商、ジャーディン・マセソン商会の門を叩いた。ここで丁稚《でっち》のようなかたちで貿易のいろはを学ぶ。

*

大航海時代を経て、スペイン、オランダ、イギリス、フランスなどの欧州列強は、東南アジアから極東へ、われさきにと交易拠点を築いていった。

一六〇〇年、イギリス東インド会社が設立された。ボンベイ、カルカッタ、マドラスを拠点に、インド、インドネシアの香辛料を本国に送り莫大な利益を上げた。

ジャーディン・マセソン商会は、この東インド会社の流れをくむもので、一八三二年、つまりグラバーの生まれる六年前、ウィリアム・ジャーディンとジェームス・マセソンにより設立された。

このころイギリスでは、紅茶を嗜《たしな》むのが流行《はや》りとなり、清国から茶とティーカップ（陶磁器）、絹糸が大量に輸入された。ジャーディン・マセソン商会は広州に現地事務所を置き、この輸入でいっきょに大貿易商にのし上がった。

ところが取引の決済が銀であったため、イギリス本国の銀保有が極端に減ってしまった。一方的に流出する銀を取りもどそうと、インドやミャンマーで栽培されたケシをアヘンに加工し、清国の幇《パン》と結託して大量に売りさばいた。

十九歳になったトーマス・グラバーが、ジャーディン・マセソン商会の上海支店に配属されたとき、同社は「死の商人」という、もうひとつの顔を持っていた。

二

一八五七年のはじめ、グラバーの乗った帆船はアバディーンの港を出港した。スエズ運河はまだ開通していなかったころで、帆船はユーラシア大陸の西側を南下し、さらにアフリカ大陸の西岸をたどってケープタウンを回り、インド、シンガポール、香港を経て上海に到達した。出発から半年を要する大航海だった。

上海は揚子江河口の南だった。揚子江もこの辺りまでくだると、対岸が霞んで見えない。上海の南側を黄埔江《こうほこう》が流れるが、揚子江の河口に流入するため、大河の圧倒的な水量にはばまれ、流れが緩やかになる。しかも川底が深い。だから黄埔江左岸は、大型船舶が停泊できる天然の良港だった。湖のように凪《な》いだ川面《かわも》を、ジャンクがアメンボのようにせわしなく行きかう。一見のどかな漁村の風景だった。

河口から遡《さかのぼ》ってくると右手に蘇州川が流れ込み、その合流地点にイギリス公使館が見える。その先、黄埔江に面しているのがいわゆるザ・バンド、外灘《わいたん》の石造ビル群だ。外灘はイギリス、フランスの貿易商社の建物だが、一番手前に位置するのが上海ジャーディン・マセソン商会だった。

船上から外灘の欧風ビル群を眺めながら、トーマスは胸を張った。アヘン戦争につづく南京条約について、もちろんトーマスは知っている。人を廃人にしてしまうアヘンを売りつけておいて、清王朝の役人が焼却処分したことを逆恨みし、英国は軍艦を連ねて清国を攻撃した。アヘン戦争だった。

そのあげく清国とのあいだに結んだのが南京条約だ。その内容は①香港島の割譲、②賠償金二千百万ドルを四年分割で支払う、③広州、福州、廈門《アモイ》、寧波《ニンポー》、上海を開港する、などというものだった。大航海時代からヴィクトリア朝時代の欧米列強は、未開発地域のぶんどり合戦だった。人道なんて考えかたは、彼らには存在しなかった。

上海租界には、すでに四、五百人の欧米人が住んでいた。外灘から直角に延びる南京路を中心に欧風ビルが拡がっていく。背後の広大な土地には、豊かな緑に囲まれた邸宅がつぎつぎに建てられた。もちろん貿易商たちの豪邸だ。

租界は治外法権だった。清国政府の警察権は及ばない。南京路の裏通りには青幇《チンパン》などの黒社会がはびこり、夜ともなると爛《ただ》れた風俗業で賑わった。怪しげなバー、アヘン窟、売春宿があちこちにある。路傍には生気のない男たちが座ったり寝転がったりしていた。

アヘン戦争は二十年も前に終わっていたが、貿易商がヤミでもちこむアヘンが黒道によって売りさばかれていた。紳士面《づら》をした貿易商と黒道はウラでしっかり結びついていたのだ。トーマスにとっては、見るもの、聞くものすべてが刺激的だった。

ごく普通のイギリス人家庭に育った彼は、健全で常識的な青年だった。魔都上海の蜜のような香りは、蠱惑《こわく》的であり、またおぞましくもあった。

いかがわしい場所には近づくなと言われていても、血気盛んな青年だ。

南京路の路地裏をうろついていたら、暗がりから声をかけられた。

「おい若ぇの。ちょっと待ちな」

生粋《きっすい》のコックニーだった。ロンドンの下町言葉だ。

トーマスが立ちどまると、暗闇から奇怪ななりをした白人の老人があらわれた。

「新参者か？」

長い顎鬚《あごひげ》をたくわえた七十前後の老人は、案山子《かかし》のように痩せこけている。窪んだ眼窩《がんか》の奥かららんらんと光る眼差しをトーマスに向けた。

「………」

「どこから来た」

「アバディーンです」

「ジャーディンのもんか？」

目で頷いた。

「ワシにスコッチをおごってくれんか」

いったい何者だろうか。会社名を知っているからには油断はできない。

老人はトーマスと肩を並べて、薄暗い路地を歩き始めた。

「ここがよかろう」

とあるバーの前で立ち止まり、勝手にドアを押しあけて入っていった。

老人は舌でスコッチを転がしながら言った。

「上海の印象はどうだい」

「ボクは、ユニオンジャックは世界最強で、誇り高いと思い込んでいました。でも、率直に言ってショックを受けていますよ」

「人間が人間を動物扱いしているという意味だろ」

「これほどひどいとは思わなかった」

「あまり長居をするところじゃない。アヘンを売っていたワシが、良心の呵責《かしゃく》に耐えかねてアヘンに溺れるようになってしまった」

「貿易商だったんですか？」

「まあな。いまじゃ幇にメシを食わせてもらってる」

「パンって、ヤクザのですか」

「もとはアヘンの取引先だったんだが、同胞から見放されてからは幇が面倒見てくれる」

トーマスは上海の黒社会を思い浮かべた。売春宿では、アヘン中毒になった娼婦たちが、どろーんとした眼差しでたむろしていた。なかには十二、三歳くらいの女の子もいて、彼は度肝を抜かれた。

「イタリア系アメリカ人のコーザノストラもそうだが、もともとは弱いモンの互助組織だったのさ」

ジャーディン・マセソン商会の先輩たちが、日頃話している内容とはずいぶん違う。ちっぽけなイギリスという国が、グレート・ブリテンなんて威張っていられるのは、植民地から吸い上げる甘い汁のお蔭なんじゃないだろうか。

「お名前伺っておいていいですか？」

「本名じゃないが、皆ジャックって呼んでいるよ。ユニオンジャックのジャックだってよ。なにか分かんねぇことがあったら、ジャックといって尋ねてきな。この辺りでワシのことを知らねぇ奴はいねぇ」

ジャックは、飲み干したショットグラスをカウンターに置くと、礼も言わずにバーを出て行った。

翌日、机を並べる先輩に、ジャックのことを話してみた。

「あんなルンペンに近づくんじゃない」

吐き捨てるように先輩は言った。

*

日々の仕事はいたって単調だった。本国に送る茶や陶磁器の送り状を書いたり、帳簿の記入、船便の手配などだった。アヘン戦争いらい御法度のはずのアヘンは、送り状なしで入ってくる。アヘンの原料となる罌粟《けし》は、インドで栽培され上海に送られてくるので、本国には伝わらない。密貿易である。

本国からインド経由の便に積み込まれた綿織物に混じって、ときどき品目不明の荷があった。正義感の強いトーマス青年は、それを目にするたびに人間のあくどさを思い知った。ほかならぬトーマス自身、その片棒を担いでいるのだと気付くと、だんだんと人間不信に陥っていく。

「アヘンの扱いは本国で禁止されてるんじゃないんですか」

あるときトーマスは責任者に詰め寄った。

「私の一存でやってることじゃない。本国の、ずっと上のほうの指示なんだよ」

責任者は苦笑した。

トーマスの発言は、ジャーディン・マセソン商会の本社に伝えられた。本国から、トーマスを新市場・日本に更迭《こうてつ》するようにとの通達があった。

本国の意図が分からぬままに、トーマスはジャックを尋ねた。

「そりゃオメエ、島流しだよ。いまだにアヘンの密貿易やってることが、イギリスの新聞にでも暴露されてみろ。政府もろともジャーディンなんか吹っ飛んじまうぜ」

二年のあいだに、ジャックはすっかり老けこんでいた。ショットバーのカウンターに凭《もた》れかかり、二杯目のスコッチを注文した。

「イギリスにとってみりゃ、中国ももう旨味のある土地じゃあなくなったってことよ」

「日本でアヘンを売りまくろうってことですか」

「そりゃどうかな？　清王朝がアヘンでへろへろになったってことは、日本にも伝わっているだろうしな」

「じゃあ何を売るんです？」

「クリミア戦争が終わったばかりだしな。造りすぎた鉄砲や大砲を売りつける魂胆じゃねぇか」

「戦争をやっているんですか、日本は？」

「いやいや、これからおっぱじめようとしてるんだ」

日本という国を、急にトーマスは身近に感じた。

「どんな国なんですか、日本って？」

「ワシも一度っきり行っただけなんだが、イギリスみたいなちっぽけな国よ。ところがミカドとショーグンという二人の親方がいて、ショーグンの時代がもう二百六十年も続いてきたんだ」

「つまりミカドが政権を取り戻そうとしているんですね」

とろんとした目つきで、ジャックがトーマスを見上げた。

「おっ、オメエいい勘してんな……、もう一杯いただくぜ」

三杯目のスコッチを注文した。トーマスはカウンターにコインを置いた。

「中国人と似ているんですか、日本人は？」

「サルが着物きたみてぇだよ。町人や百姓はシャイでおとなしいんだが、サムライというのがいて、刀を二本、腰に差している。こいつらがやたら狂暴で、毛唐、つまりワシらのことだが、毛唐を目の敵にしてやがる」

トーマスは沿岸警備隊員の子である。こういう話を聞くと血が騒いでくる。

三

一八五九年七月一日（安政六年六月二日）、幕府は長く続いた鎖国をとりやめ、長崎、神奈川（横浜）、箱館を開港。外国人居留地をもうけた。これに先立ち、ケネス・ロス・マッケンジーが長崎入りをしており、上海からやってきたトーマスを長崎港で迎えた。九月十九日（安政六年八月二十三日）のことだった。

長崎は大きな入江のもっとも奥深いところにあった。トーマスは生まれ故郷のフレーザーバラを思いだした。軒の低い家の連なりを、石造の家に置きかえると、スコットランドの風景と見まちがうほどだった。

とりあえず出島にあるオランダ商館の二階に寄宿することになった。

人々は少年少女のように小さく、ちょこまかと忙しそうに動いている。それぞれが自分のやることをわきまえていて、休みなく働いているという感じだ。奇妙なかたちに細工した頭髪が人形のように見えた。

若い女を除くと、一様に茶色や青の地味な衣服を着ているが、不潔というわけではない。商店などを覗いても、モノが整然と並べられているのに驚く。けっして貧しくはない。

上海のような爛れた華やかさはないが、町並みは規格にはめこんだように揃っていて、こざっぱりしている。家は木と紙でできていると聞いていたが、部屋を区切る紙の扉はそとの光を取り込むための工夫で、粗末なものではない。むしろきわめて高い合理性と美意識を感じる。

入口には玄関をもうけてあり、履物を脱いで座敷にあがる。家のなかに土やゴミを持ち込むことがないから、人々は床の上にじかに座ったり寝たりする。狭いながらも家ごとに庭をもち、山や川を模した自然をこしらえ、心の癒しとするのだろうか。

町を出て農村に足を踏み入れると、これはもう驚くばかりだ。

幾何学模様に耕された田畑には雑草一本生えていない。畑には畝《うね》をつくり、たんねんに肥しをまいてナスや芋を栽培している。稲は水をはった囲いのなかに一定の間隔を置いて植えられるが、その几帳面《きちょうめん》さは西洋人にはない。

魚は、着物の裾をまくった男が売りに来る。天秤棒の前と後ろに吊った桶には、彩り豊かな魚が盛られている。トーマスは小躍りした。少年のころから釣りの好きだった彼は、フレーザーバラの磯でよく魚を釣ったものだ。

上海の黄埔江でも釣り糸を垂れてみたことはあるが、町中から流れこむ汚物や汚水の臭いに耐えきれなかった。長崎でなによりも嬉しかったのは、魚の種類が多かったことだ。青い魚、赤い魚、茶色い魚、黄色い魚、縞模様の魚、ヘビのような魚。見ているだけでも胸がわくわくしてきた。

四

十月二十二日には、ケネス・マッケンジーに連れられて長崎イギリス領事館におもむき在留人名簿に登録した。肩書は「ジャーディン・マセソン商会事務員」だった。

仕事はすでに上海で習得してきたものばかりだ。

夜になるとスコッチを挟んで、先輩ケネスから日本の政情についてレクチャーをうけた。

「というわけで、ショーグン家の足許もぐらついてきたんだ」

ケネスは五十歳を超えていた。快活なトーマスを息子のようにかわいがった。

「ショーグンをあなどる大名が出てきたということですね」

「薩摩藩とか長州藩だよな。とくに薩摩は強い。琉球《りゅうきゅう》からサトウキビを引いてきて、砂糖でひと財産きずいた」

「やっぱり財力ですか」

「ミカドを奉って、徳川家を倒そうとしているんだよ」

「それって革命じゃないですか」

「そういうことになるのかな」

このケネス・マッケンジーは、イギリス人であるにもかかわらず、長崎のフランス代理領事を務めていた。一八六一年六月、とつぜん彼は解任され、上海に戻ることになった。その理由がトーマスには分からなかった。

別れをまえにケネスはトーマスに告げた。

「南山手の丘に土地を買ってある。そこにバンガローを建ててもらえないか」

トーマスは承知した。のちのグラバー邸だ。

二千三百ドルの資金とともに、トーマスはジャーディン・マセソン商会の業務を引き継いだ。ときを同じくして彼はグラバー商会を設立。ジャーディン・マセソン商会の長崎支店社屋は大浦海岸通り二番地にできあがり、グラバー商会も同居することになる。

業務の中心は茶と生糸の輸出だった。あまり旨みのある商売ではなかった。茶は船でイギリス本国に送られるが、カビがはえることもあり歩留まりも低い。

トーマスには楽天的なところがあって、失敗にめげることはなかった。

日本人のなかに立つと頭ひとつとびだす偉丈夫《いじょうぶ》だから、目立つことこのうえない。色白で鼻筋が通っていて、なかなかの美男である。目が合うと、若い女性たちは頰を赤らめた。些細《ささい》なことには拘《こだわ》らず、カネ離れもいいから女性にはもてた。

長崎には花街があった。思案橋、思切り橋をへて、その奥にオトコの群がる花園があった。丸山遊郭という。長崎港が外国船に開放され、白人水夫が入り浸るようになってからイザコザが絶えなかった。

丸山には近づかないほうがいい、というケネスの申し送りがあったが、彼が上海に去ってからというもの、トーマスは解放感につつまれた。仕事を終えたある夜、むらむらと燃えあがる欲望にたえきれず、好奇心のおもむくままに丸山界隈をさまよった。

遊郭の、手の込んだ普請に目をうばわれながら、ふらふらと歩くうち、一人の男とぶつかった。子どものように小さかったが、怖気をふるう形相でなにやらがなり立てている。サムライかなとも思ったが、風体が崩れている。

どう応対してよいものやら、トーマスは棒立ちになったまま途方にくれた。騒ぎを聞きつけ、同じなりをした男たちが五、六人現れてトーマスを囲んだ。手に手に匕首《あいくち》を握っている。通りがかりの女たちが「キャーッ」と叫ぶ。通りが騒然となった。

「おい、なんばやっちょっとか」

ドスの効いた大声だった。江戸町の大工棟梁《とうりょう》、小山秀之進だった。

「このぼけなすがワシに突っかかってきたんじゃ」

小山はトーマスを値踏みするように見て、おだやかに言った。

「まぁこの場は、ワシに任せとかんね」

男たちは黙って路地に消えていった。

「お前さん、名は何というんじゃ」

笑みを浮かべて小山はトーマスを見上げた。

小山は四十がらみの威勢のいい男だ。開港いらい外国人の住まい造りはだいたい彼が手掛けていて、このところカネまわりがいい。外人とのやり取りも多いから、多少の英語はできる。

全身が引きつっていたトーマスは、小山の笑顔に胸を撫でおろした。

「トーマス・グラバーです」

「ガラバさんかい。ワシは小山ちゅうんじゃ。この街ははじめてかね」

「ここまで奥深く入ったのはね」

「そんならワシが案内しよう」

大男のトーマスが、身を縮めるようにして小山のうしろに従った。

小山がくぐったのは大店筑後屋《おおだなちくごや》の門だった。玄関で靴をぬぐと下足番がだいじそうに抱いて棚に置いた。玄関からまっすぐに木の廊下が続いている。あわてて迎えに出た女将に「お園を呼んでくれ」とささやいた。

しばらく控えの間で待たされた。やがて仲居が迎えにきた。家にかこまれた中庭がある。きれいに刈り込まれた植木が配されている。木々が石灯籠の灯りに浮きでて見えた。山あり、谷あり、流れる川を模した飛び石がある。

中庭をぐるりと回り、いちばん奥の座敷にとおされた。障子を開けると、ぷんと鼻をつく匂いがあった。真新しい畳が部屋いっぱいに敷きつめてある。座布団が敷かれちゃぶ台が据えてある。

隣の部屋との仕切りは襖だ。六枚の襖の右端から左端に、大きな川が流れている。川には、もみじの枝がおおいかぶさり、川面に金色の葉が浮かんでいる。トーマスの目は六枚の襖絵にクギづけになった。まったく観たことのない意匠だった。欄間《らんま》には、ぶあつい板がはめこまれ、つる草が透かし彫りになっている。

「どうだい、いいもんじゃろ」

小山が身体をのけぞらせた。

座布団に座った二人の前に、つぎつぎと料理が運ばれてきた。手の込んだ料理が少しずつすこしずつちゃぶ台に並んだ。三味線を抱えた芸者たちの唄や踊りが始まった。気分が雰囲気になじんできたころ、お園が入ってきた。

色白で華奢《きゃしゃ》な女だった。愁いをたたえた眼差しがいとおしい。暗いという感じはしなかった。むしろ笑うとき、手の甲で口をおおう仕種がいたいけだ。

「どうだい、ガラバさん。気に入ってくれたかな」

トーマスは目でうなずいた。

その後、足しげくトーマスは築後屋に通うようになった。気掛かりだった玉代《ぎょくだい》も、いかほどのものでもなかった。欧州と日本の物価の価格差があまりにも開きすぎていた。

やがてトーマスはお園と床をともにするようになった。

白人女性は肌が白いが、金色の産毛におおわれ、シミやそばかすも多い。ところがお園の肌は絹のようにキメ細かく、汗ばむと手のひらが吸いつく。毛むくじゃらのトーマスの胸の下に、縫いぐるみのようにすっぽりと収まるのだ。

さらに欧米の女性に比べると、お園は従順だった。いつしか二人は、客と芸妓という立場をわすれ、ふかい仲になった。

「あんた、ウチを身請けしてくれんね」

トーマスの長い胸毛を指先に絡めながら、お園はささやいた。

「身請けってなんのことだね」

「ウチん身体は借金のかたにとられちょるばい。借金ばかえせば自由の身になれる」

お園はとつとつと話した。幼いころに父母を亡くしたお園は伯父によって育てられた。伯父の家とて生活は苦しく借金がかさんだ。このための身売りであった。築後屋から身請けするのに三百両はかかる。

トーマスの心は揺さぶられた。貿易業の方は儲けているとはいいがたいが、三百両くらいのカネならなんとかなる。お園の身請け話は、とんとん拍子に決まった。江戸町の小山に頼み、江戸町内にお園の住まいを建ててもらった。トーマスは大浦海岸通りの社屋に寝泊まりしていたが、お園との家庭生活が始まった。

この年、江戸では大事件が起きていた。

江戸城桜田門外で、水戸藩浪士らによって大老・井伊《いい》直弼《なおすけ》が惨殺された。二年前の安政の大獄に対する反逆だった。これによって幕藩体制にひずみが生じ、歴史の流れは尊皇攘夷に大きく旋回することになった。

第二章　欧州のもくろみ

一

はじめて坂本龍馬と会ったとき「風のような男だな」とトーマスは思った。

このところ、へんに虚勢をはったり威張りくさったサムライたちが訪れてくるが、そんなけれんみがまったくない。まるで旧知の間柄のように、すうーっとトーマスの懐にはいってきた。日本人にしてはずいぶん変わった男だ。大柄で色黒。顔にはあばたがある。値の張りそうな着物を無造作に着こなし、はだけた胸には体毛が見えている。

いっぽう勝海舟については「雲みたいな男」と感じた。多くを語らず、ぎょろっとした目が据わっている。摑《つか》みどころがない。身体は貧弱なのだが、全身から放つ強烈な覇気《はき》はなみではない。

二人はオランダ商人を伴って、グラバー商会にやってきた。十年近くまえ、長崎海軍伝習所開設のため長崎に滞在したことのある勝海舟は、オランダ語をたしなむ。海舟のオランダ語を、オランダ商人が英語になおしトーマスに伝える。

「で、今回の長崎ご来訪のご用向きはなんでしょうか？」

トーマスが訊ねた。

「昨年、関門海峡で、長州藩が外国船を砲撃した事件がありました」

勤王攘夷に凝りかたまった長州藩の急進派が、関門海峡を通る外国船を無差別に攻撃した。勤王攘夷とは、天皇を奉り外国船を追い払うことだ。

むっつり黙りこんでいた海舟がすらすらとしゃべりだしたのに、トーマスは意表を突かれた。

海舟は続けた。

「これに対し、イギリス、フランス、オランダ、アメリカの四ヵ国が下関への報復攻撃を計画しておられる。ご案内のように、いま日本は佐幕派、尊皇攘夷派、公武合体派とてんでんばらばらでござる。こんなときに四ヵ国連合艦隊に砲撃されてみなされ、攘夷論の火に油を注ぐようなものでござるぞ」

「ひらたく言うとですなぁ、ネズミもあまり追いつめると、ネコを噛むっちゅうこともあるでね。がははは っ」

と、龍馬がまぜっかえした。

外国船砲撃はじつは勅旨《ちょくし》だった。これを受け、将軍家茂《いえもち》の発した指令で動いたのが長州藩だ。この年、すなわち文久四年（一八六四）二月十四日、幕府の命をうけた海舟は神戸を出港した。この旅に随行したのが海舟の門下生、龍馬だ。四ヵ国による下関報復砲撃をやめさせよという難題を課せられた長崎行だ。

重い旅だった。

瀬戸内海を航行し、翌十五日、大分県の佐賀関《さがのせき》着。鶴崎、野津原、久住《くじゅう》、内牧《うちのまき》、大津をへて熊本へ。有明海を船で渡り、島原から愛津《あいづ》（明治二十二年、野井村と合併し雲仙《うんぜん》市愛野町に）、日見峠《ひみとうげ》を越え長崎入りしたのが二十三日という強行軍だ。

元治元年

三月二十四日、オランダ領事と会見。

三月二十五日、アメリカ領事と会見。

三月二十六日、ふたたびオランダ領事と会見。

三月二十九日、イギリス領事と会見。

四月二日、みたびオランダ領事と会見。

トーマスがお膳立てしたイギリス領事との会見では、「下関砲撃は二ヵ月延期する」

との言質をとることができた。

四月四日には長崎を発ち、十二日には神戸に帰着した。海舟も龍馬も、なんとか大役を果たすことができたと胸を撫でおろしたにちがいない。十八日、徳川家茂が勝海舟を引見。

五月十四日、勝海舟は軍艦奉行に任ぜられた。

海舟、龍馬の熱意が通じて、報復砲撃はいったん遠のいたかに見えた。ところが思わぬ伏兵がいた。アメリカだ。

「そんな生ぬるい対応じゃダメだ。長州藩は攘夷派の急先鋒じゃないか。四ヵ国共同でぶっ叩いておくべきだ」

アメリカの激しい檄に、イギリス、フランス、オランダも従わざるを得なかった。

そして八月五日、四ヵ国連合艦隊十七隻が関門海峡に集結した。壇ノ浦である。最も狭いところで、わずか六百メートルしかない。長府《ちょうふ》から彦島《ひこしま》砲台にかけて、高性能砲から発射された弾丸が炸裂した。とくにイギリス製アームストロング砲の威力は、射程距離においても、着弾の精度においても、ずばぬけていた。

もののみごとに下関は破壊された。

驚いたのは長州藩ばかりではなかった。幕府も震えあがった。

一年ほどまえ、薩摩藩がイギリス艦隊に砲撃される事件があったばかりだ。薩摩藩の大名行列にイギリス人が乗馬のまま突っ込み、怒った薩摩藩士がイギリス人貿易商を斬り殺した。いわゆる生麦《なまむぎ》事件だが、これに対する薩摩藩の誠意がじゅうぶんではないと、イギリス艦隊が実力行使に打って出たのだ。

イギリスによる薩摩砲撃と、四ヵ国連合艦隊による下関砲撃は、攘夷派に冷や水をぶっかけることになった。

いよいよ列強が日本占領にのりだすのではないか。戦になればひとたまりもない。おもしろいのは将軍家茂の対応だ。海舟、龍馬の長崎行によって、四ヵ国連合艦隊問題はすっかりかたがついたと思ったのだろうか。八月五日の砲撃実行に慌てふためき、十一月十日、勝海舟を免職、閉門蟄居《へいもんちっきょ》に処した。わずか半年ばかりの軍艦奉行であった。

＊

トーマスはこのころ長崎の外国貿易商のなかでもリーダー的な存在になっていた。前年の文久三年（一八六三）には、長州五傑《ちょうしゅうごけつ》（井上聞多《もんた》、遠藤謹助、山尾庸三《やまおようぞう》、伊藤俊輔、野村弥吉《やきち》）のイギリス留学にも関わっていた。

長州五傑は、藩士も毛利敬親《たかちか》の命により、イギリスへ留学した若者たちだ。急進的な尊皇攘夷派が主流だった長州藩だが、彼らの独断専行《どくだんせんこう》を牽制《けんせい》する思惑も藩主にはあった。欧州の現状を知ることは、なによりも火急の懸案だった。五千両という、当時としては莫大な資金を要したが、五人は長州藩の金庫番であった村田蔵六を脅して資金調達をした。これを支えたのが、トーマスはじめイギリス総領事館、ジャーディン・マセソン商会の面々であった。

この話は龍馬の耳にも入っていた。

「ガラバどの、ワシを欧州に連れていってくれんかのう」

丸山の妓楼《ぎろう》で酒を酌み交わしながら、あらたまって龍馬が訊いた。

「なにか目的でもありますか」

「勝先生も幕命でアメリカに行って、いかに日本が井のなかの蛙《かわず》か気付いた、と言っておられる」

「個人で行くのは不可能です。莫大なカネがかかります。長州の五人も藩が資金を用立てています」

龍馬には後ろ盾がない。土佐藩郷士だが二度も脱藩している。口惜《くちお》しそうに唇を噛んだ。「世界を知らずして未来の日本は語れぬ。なんとかならぬか」

トーマスは杯のなかの酒をじっと見つめた。

「サカモトさん、上海に行ってみませんか。上海なら神戸とおなじ距離だし、私もしょっちゅう行き来している」

「上海かぁ」

想いを馳せるように遠くを眺めた。

「私の船だし船賃はかかりません。ただし国禁は国禁だから、幕府に知れたら斬罪です」

「罪をかぶるのは覚悟のうえじゃきに」

「中国人水夫のなりをして働いてもらいますよ」

「弁髪《べんぱつ》結うために、また髪を伸ばさにゃならんのう」

二

いったん京都にもどってから半年ばかり、龍馬の消息は杳《よう》として知れなくなった。じつは龍馬は上海に潜入していた。片棒を担ぐトーマスにもリスクはある。上海のジャーディン・マセソン商会、さらにイギリス本国にも打診してみた。ぜひ連れてこい、との意外な返事だ。攘夷派に揺さぶりをかけるには、日本人に清国の現状を見せるのも手だと考えたのだろう。

龍馬はぶったまげた。

揚子江の河口に入った船は、黄埔江に乗り入れたとたん滑るようにスムーズに進んだ。左岸に見えてきたのは、大理石を積み上げた石造りの建物だ。北京には紫禁城《しきんじょう》という立派な御殿があるとは知っていた。唖然としている龍馬の背を、トーマスがポンとたたいた。

「いかがですか、サカモトさん」

トーマスはイギリスの国力を自慢するつもりだった。

「たいそうな建物に、中国人は住んでおるんですなぁ」

「いやいや、あれはイギリスやフランスの貿易商です。いちばん手前がイギリス公使館です。中国人の居住区は対岸に見える平屋の家です」

目を右岸に移すと、軒の低いしもた屋が点在している。

「しかし、ここは清国ではござらんか?」

あまり攘夷、攘夷と叫んでいると……、口から出かかった言葉をトーマスは呑みこんだ。これは自分が言うことではない。龍馬の横顔を覗くと、角ばった顔がさらに四角になっている。ザ・バンドには各国の帆船が繋留《けいりゅう》されていた。なかに帆柱のない船があった。

「サカモトさん、あれが最新型の蒸気船ですよ。石炭を焚いて、蒸気の力で進みます」

トーマスは誇らしげに言った。彼の故郷アバディーンで建造されたものだった。

二人はさっそくジャーディン・マセソン商会に出向いた。ボスの部屋に案内された。龍馬は片言の英語でにこやかに挨拶した。しばらく歓談したあと、ボスはトーマスに目くばせした。ボスのOKが出たことで、トーマスは安堵した。

そのころ上海には、イギリス、フランスの政府役人や貿易商たち、さらには、これらの人びとの生活を支える欧米人四百人ほどが居住していた。

龍馬の好奇心はすさまじかった。リトルヨーロッパともいえる租界を歩きまわった。街には欧米人のための商店が点在していた。日用雑貨、食品、酒屋、レストラン。目につくものすべてが驚きだった。トーマスに連れられて入ったレストランでは、羊の肉を食べた。食後に出された煮こごり状のものをトーマスが勧める。口に含んだ龍馬は目を細めた。

「なんじゃろうか」

愉快そうにトーマスが笑った。

「羊の血を固めたものです」

龍馬は腹にグッと力を入れ、飲みこんだ。

公使館にも挨拶に出向いた。イギリス人にしては小柄な男が応対した。ハリー・スミス・パークスと名乗った。頭だけがバカでかい。もみあげを伸ばしほうだいにしているものだから、体軀のうえに大きなカニを乗っけているように見えた。パークスは笑うと顔が真っ赤になった。

「公使館でちかぢか舞踏会をやります。よろしければ、どうぞ」

「よろこんで」

と龍馬は答えた。

舞踏会は奇妙な〝お祭り〟だった。着飾った男女が、弦楽器の演奏に合わせ、向きあって踊る。ひとまえで睦言《むつごと》を交わしているように、龍馬には感じられた。

上海での龍馬の日々は、あっという間に過ぎた。トーマスは、いたずらに龍馬をあそばせていたわけではない。人柄、行動力、責任感などをつぶさに観察し、イギリスの本社に報告していた。

日本への帰国が間近になったある日、龍馬がトーマスに語りかけた。

「ガラバさん、上海租界の素晴らしいところをみせていただき、ほんとうに感謝している。でも中国人の実生活はほとんど見ていない。そういうところを最後に案内してもらえまいか」

トーマスの頭にジャックの顔がひらめいた。

ジャックの居場所には心当たりがある。路地裏を探しまわるうち、それらしき人物を見つけた。長い白髪は腰までたれ、顎鬚《あごひげ》も臍《へそ》のあたりまである。路傍に座りこみ、茫然と人の行き来を見ていた。力のない目で二人を認めると、たいぎそうに声を出した。

「おお、ジァーディンの……」

「お元気でしたか」

「その男は日本人か？」

「中国人の生活を見たいと言ってます」

「スコッチをおごってくれるか」

トーマスは頷いた。

顔をゆがめながら、ジャックは立ちあがった。三人は租界をはずれ、庶民の住宅が建てこんだ暗がりへ足を踏み入れた。

「太平天国の残党が、まだウロチョロしておる。気をつけな」

弄《ろう》とよばれる袋小路に入った。一軒のしもた屋があった。入口の戸がはずれている。ジャックが押しあけると、よれよれの布のカーテンが張ってあり、奥に薄明かりがともっている。男が横たわっていた。

ジャックはトーマスに目くばせした。トーマスはポケットからコインを取り出し、奥へ投げこんだ。中国人は音でコインを識別する。ジャックが声をかけると、カーテンの下から枝のような腕がのび、コインを握りしめた。龍馬は家に足を踏みいれた。腐った魚の臭いがした。家のなかには何もない。磁器のどんぶりがひとつ転がっていた。

「こうして夢幻の世界と禁断症状のあいだを行ったり来たりするんだ。そして身体は朽ちていく。ったく、ひでえことをしやがったもんだ」

吐きすてるようにジャックは言った。

〈これこそ麻薬というものの実体か〉

龍馬は震えあがった。庶民をアヘンでボロボロにしておいて戦争を吹っかける。これが列強といわれる奴らの手口だ。アヘンの怖さを現場で見ることは、上海訪問の大きな目的だった。

この場に長くとどまるといい結果にはならない、とトーマスは判断した。

「さあ、そろそろ一杯やりに行こうじゃないか」

ジャックの背中をポンとたたいた。

押し黙ったまま三人はイギリス租界にもどり、いつものショットバーのドアを開けた。

生《き》のウイスキーをいっきにあおり、ジャックが龍馬に向きなおった。

「オメエ、日本人だって言ったな。このあいだチョーシューというところが連合艦隊の砲撃を受けたろ」

龍馬にとっては、ありがたい話ではなかった。あの事件を回避するために、勝海舟と龍馬はわざわざ長崎まで足を運んだのだった。

「よくご存知ですね」

「作戦がアメリカ主導だったってんで、イギリス本国がオカンムリでな。オールコック公使に代わって、こんどパークスが日本に赴任することになった」

これにはトーマスが驚いた。

「そんな情報、だれから仕入れたんです?」

「幇の幹部さ。幇はイギリスの中枢と繋がっている」

パークスと聞いたとたん、トーマスはいやな顔をした。

お人好しで鷹揚《おうよう》なところのあったオールコックとちがって、きちょうめんで細かいパークスとうまが合うとは思えなかった。それに癇癪《かんしゃく》もちだ。

トーマスの表情の変化を見てジャックはバーテンダーに言った。

「うしろの棚に置いてあるスコッチを、ボトルのままくれないか。勘定は、この兄さんにな」

ジャックはトーマスにウィンクして、続けた。

「もひとつ情報をやろう。フランス公使にロッシュてえ野郎が着任したと思うが、こいつは二枚舌だ。パークスと似たり寄ったりで、お互いに足を引っ張りあうだろうが、巻き込まれないようにな。二人が争っても静観していた方がいい。裏じゃ二人は繋がっていて、両面作戦ということもあるからな」

「そんなことまで幇は摑んでいるんですか?」

「ま、いずれ分かるさ」

おもむろにトーマスは龍馬の目を見た。

「ショーグン派とミカド派に分かれて、これから内乱になるが、オメエはどっち派だい」

「将軍派だったが、クビになったからなあ。ただ開国派であることははっきりしている」

「おもしれえ戦になりそうだな」

と言って、ジャックはトーマスをアゴでしゃくった。

「ただ、こいつらの尻馬には乗るなよ。この上海みてえに、ケツの穴の毛までむしり取られてしまうぞ。ふっふっふ」

だがこれを、トーマスは通訳するのをためらった。

不気味な笑いをのこして、ジャックは礼も言わずに店を出ていった。

三

嘉永六年、ペリーの浦賀沖来航いらい、開国か、攘夷かで揉めつづけた日本だが、幕府の弱腰外交に業《ごう》を煮やした強硬派のなかから、帝をいただいて倒幕を図ろうとする動きが出てきた。開国派、攘夷派、尊皇派、佐幕派と、さまざまな思惑が入り乱れて、収拾のつかない状態が尾を引いている。

約二六〇年続いた徳川幕府は、手直しの効かない歪みに喘《あえ》いでいた。大名たちを統制するための参勤交代も、無駄な出費だと反発され、いったんは廃止するもすぐに再開するというていたらくだ。将軍のもとに築かれた幕藩体制は、百万といわれる武士をかかえていたが、ぬるま湯にどっぷり浸かり戦意などもうとうない。

やっかいなのは薩摩、長州、土佐、肥前などの西南雄藩《せいなんゆうはん》だった。とくに薩摩は琉球のサトウキビを製糖して巨額の利益を上げていた。幕府なにするものぞという気概もある。はねっかえりは長州藩だった。早くから尊皇攘夷をとなえ、関門海峡をとおる外国船を砲撃。それに対する報復が四ヵ国連合艦隊による長州攻撃だった。

治安維持のため幕府が京都守護職《きょうとしゅごしょく》をおいたのは、文久二年。会津藩主、松平容保《まつだいらかたもり》が就任した。会津藩士千人ほどが京都見廻り組として常駐した。その傘下に、翌文久三年春、新撰組が結成された。

幕末の京都は日に日に物騒になっていた。尊皇攘夷派の志士たちがうごめき、これを追う見廻り組や新撰組と暗闘をくりひろげる。夜ともなると犬猫でさえなりを潜めるほどだった。

京の夏の粘《ねば》っこい湿気が、まつわりつくような日だった。

尊皇攘夷の急先鋒である長州藩士は、孝明天皇をあおぎ大和行幸を計画していた。公武合体派の会津藩士と薩摩藩士がこれを阻止し、長州藩士を都から追いはらった。世に八月十八日の政変とよばれるクーデターだ。

そして元治元年夏。京での失地回復をはかって、蛤御門《はまぐりごもん》で鬨《とき》の声をあげた長州藩。この戦はたちまち京都市街にひろがった。帝を奉ろうとした挙兵だったが、たまたま弾丸が御所に向いたとして、あろうことか「朝敵」の汚名を着せられる。尊皇攘夷派が朝敵にされたのではたまったものではない。

追い討ちをかけるように、幕府軍は長州征討に血道をあげた。二度にわたった長州征討で薩摩藩の指揮をとったのが西郷隆盛だった。西南雄藩の薩摩と長州のあいだには、埋めがたい溝と不信感ができた。

トーマスと龍馬が上海で過ごしていたころ、日本の世情はめまぐるしく変わった。四ヵ国連合艦隊の攻撃に、長州藩はひとたまりもなかった。

水面下では疑心暗鬼、恐怖、謀略、野合、密約などがうごめいていた。幕府に対して、面従腹背《めんじゅうふくはい》だった大名たちの思惑も微妙にかわった。へたに旗幟《きし》を鮮明にすると、足許をすくわれかねない。

＊

船は東シナ海から対馬海峡に出た。

群青色の海を、ぐいぐい切り裂くように船は進んだ。トーマスと龍馬は、船首の舷《げん》に肘《ひじ》をつき、大海原を見渡した。

「どうです、サカモトさん。これが蒸気船の威力です」

龍馬は船の中央を振りかえった。天に向かって突き出た煙突から、黒い煙がもくもくと出ている。

「もう風向きがどうとか、風力がこうとか関係ありません。石炭を燃やし、水蒸気の力で船は進むのです」

「その石炭とやらはどこで採れるんじゃろ」

「長崎の入口に高島という島があります。その島で、良質の石炭がいくらでも採れます。これから外国の蒸気船が、ぞくぞく日本にやってくる。ひと儲けできますよ」

龍馬は腕組みをして唸《うな》った。

「こんな立派な船でのうてええから、ワシも船がほしいのう。石炭とやらも、船があれば運べるきに。じゃがワシは文無しの脱藩浪士じゃ」

「不可能ではないですよ」

「勝先生の縁故で、いまさら幕府方に付くっちゅうわけにもいかんじゃろ」

「ジャックが話していたでしょう。イギリス公使のパークスとフランス公使のロッシュが裏では繫がっているって……」

「帝派と将軍派が裏取引しちょるような話じゃったなあ」

「ジャーディン・マセソンは、イギリスにもフランスにも拠点を持っています。フリーメイソンを通じて、繫がっている可能性はじゅうぶんあります」

「なんじゃ、そのフリーメイソンちゅうのは？」

「秘密結社です」

「〈幇〉みたいなもんか」

「ちかいです。サカモトさん、あなたが結社をつくればいいんです。あなたを資金面で応援することについて、じつはジャーディン上海の責任者からも了解を得ているんです」

「結社かあ」

龍馬はふたたび腕を組んだ。

「上海で聞いた話では、アメリカでやっていた南北戦争がおわって、中古の武器が大量に日本に回ってくるようです」

「大砲やら銃やらを、安く買えるちゅう意味じゃな」

「うん、まあ」

トーマスはあいまいな笑みを浮かべた。

この年、トーマス二十七歳。どちらを向いても幸福の女神がほほ笑むという時代だった。日本に派遣されてまもなく、トーマスは個人会社のグラバー商会を設立していたが、ジャーディン上海はこれに目くじらをたてることもなかった。というのもアヘン戦争による国際世論のバッシングを避けるため、表に出せない取引きでは、グラバー商会の存在は好都合であった。

荷札のない梱包が上海に陸上げされるのをトーマスは目撃していたが、これを逆手にとるしたたかさをトーマスも身につけていた。

グラバー商会は年々商いを拡げ、故郷アバディーンから兄弟を呼びよせるまでになった。父グラバーは沿岸警備隊を退役し、造船業を始めた。日本で受注した軍艦をアバディーンで造り、日本に送り届ける。父から航海術を学んだ兄弟たちが船長を務める。グラバー一家が総出で、トーマスを援けるという塩梅《あんばい》だった。

長州藩の肝入りでイギリスにわたった長州五傑も、アバディーンのグラバー家に寝泊まりした。

四

二年前の文久三年春には、マッケンジーが購入しておいた南山手の丘に、グラバー邸が完成していた。普請したのは小山秀之進だった。丸山の芸者、お園をトーマスに紹介した江戸町の大工棟梁だ。

お園は江戸町の新居で出産したが、梅吉と名付けられた男児は半年もたたずに亡くなった。それがしこりとなったか、トーマスとお園の仲は途絶えてしまった。

長崎に戻った龍馬はグラバー邸に入り浸った。

グラバー邸には尊皇倒幕の志士たちがしょっちゅう出入りしていた。龍馬は、武器と情報をもとめて長崎に群がる彼らと、親しく交わった。龍馬を、隠密すなわちスパイと見立てる人々もいたが、そんな陰険さは彼にはなかった。新しい情報は、たとえ敵対する立場の者にも、あっけらかんと彼は伝えた。

片田舎から出てきた純朴な青年が、維新の志士として大きく成長していったのは勝海舟の影響といっていい。咸臨丸《かんりんまる》に乗りアメリカの土を踏んだ海舟は、情報というもののの重みを知っていた。日本というちっぽけな国が、井のなかの蛙としてふんぞり返っていたあいだに、世界はめまぐるしく変貌した。その事実を蛙たちに伝えなければならない。だから海舟は幕府のメシを食いながらも、

「幕藩体制は死に体だ」

と豪語して憚らない。幕府側の人間が幕府をなじり倒す。

龍馬は年長者にかわいがられる男だった。素直で偉ぶるところがない。自然体で、誰とでも気さくに接する。逆にいうと、どんな大物に対面しても物怖《お》じするということを知らない。言いたいことを堂々と言う。だから海舟も、維新の傑物にどんどん紹介した。それがまた龍馬を大きくしていった。

ふしぎな男だなと、龍馬を見ながらトーマスは痛感した。

次期日本公使といわれるパークスに紹介したときも、多くの日本人にみられるように虚勢を張るでなし、かといって萎縮《いしゅく》するでもない。勝海舟の弟子でありながら、尊皇派にもカオのきく龍馬に、クセ者パークスも興味をそそられたようだ。

「サカモトを踊らせよ」

上海での別れぎわ、パークスはトーマスの耳もとでささやいた。

太刀を落とし差しにし、両腕をふところに抱き込んだ恰好で龍馬がドアを開けた。

いつも風のようにあらわれる。

「ガラバどの、貴殿の言われる結社を、亀山に設けることにした」

「あたまかずは揃ったんですか」

「勝先生の海軍伝習所の連中じゃきに、気心は知れておる」

龍馬はむじゃきに笑った。

亀山は丸山遊郭の東側、急坂の斜面だ。

「何をやるんです」

「まずワシのやらにゃいかんのは、仲違いしちょる長州と薩摩を和解させることじゃ」

トーマスにとっても、この展開は思ってもみなかった。

「しかしサカモトさん、薩摩と長州はいまや骨肉の争いですよ。どうやって両者に手を握らせるんですか」

「長州にとって、喉から手が出るほど欲しいものは何じゃ？」

「大砲とか鉄砲でしょうね」

「それを、薩摩藩が買ったことにして、長州藩に納めるんじゃ」

おりから幕府は、外国貿易商に対し、無許可の武器販売を禁止するお触れを出していた。武器、弾薬を独占せんがためだった。薩摩藩主は公武合体派だった。

「なるほど」

トーマスはまじまじと龍馬の顔を見た。この男は人心を掌握する術《すべ》を心得ている、と思った。

＊

しばらく長崎を留守にしていたトーマスにとって、この時期は多忙をきわめた。

薩摩藩の依頼による留学生のイギリス渡航のため、たびたび薩摩を訪れた。一行は使節、通訳をふくめ十九名に及んだが、もちろん幕府にはないしょの密航だ。五代友厚《ごだいともあつ》や森有礼《もりありのり》など明治の重鎮たちが含まれていた。薩摩を発ったのが四月十七日。香港、シンガポール、マレーシアのペナン、スリランカのゴール、インドのボンベイ、イエメンのアデン、運河開通まえのスエズ、陸路をとってエジプトのアレキサンドリアからふたたび乗船。地中海のマルタ島に寄り、ジブラルタル海峡を抜けて大西洋に出る。イギリス南部のサウザンプトンに着いたのは六月二十一日だった。なんと二ヵ月強だ。

二年前の長州五傑の渡欧は半年かかっている。南アフリカのケープタウンをまわり込んだためだ。

留学生の到着直後に、ハリー・パークスが上海から赴任してきた。直接、江戸には向かわず長崎に寄港した。六月二十七日のことだ。長崎在住のイギリス人貿易商を招待し、船上でパーティーを催した。本国から取り寄せたスコッチウイスキー、ワイン、ラム肉、チーズなどでもてなしながら、パークスはこれからの対日政策を披露した。

肩に力の入ったスピーチだった。みずからの言葉に煽《あお》られるように、だんだんと口調が激しくなっていく。『イギリス政府の正式出先機関であるから、日本の現政権である幕府を交渉の窓口とする。みなさんも反乱軍との取り引きはつつしんでもらいたい』との内容だった。

トーマスはあわてた。パークスとは上海でも何度か食事をともにしながら、日本の現状についてレクチャーしてきた。幕府はすでに弱体化しており、ミカドを奉った有力大名が、ショーグンに代わって日本をリードしていくだろうと。

げんにトーマスは、薩摩藩とは抜き差しならぬふかい仲となっている。武器、弾薬を売るばかりでなく、イギリスに向かう留学生のお膳立てまでやってのけた。いまさらショーグンがたに立てとは認識違いもはなはだしい。

スピーチを黙って聞いていたものの、パークスへの挨拶が自分に回ってくるや、トーマスは持論を展開した。ふだんは穏やかな青年だが、激してくると歯止めのきかない武骨さもある。

トーマス二十七歳、パークス三十八歳。かたや大英帝国を背にしょった公使である。赴任まえには、生麦事件から薩英戦争にいたるいきさつも調べあげていた。有力大名、いかほどのものぞという気概もある。

さらには多国籍企業ジャーディン・マセソン商会に、秘密結社フリーメイソンの息がかかっており、ジャーディン・マセソン・フランスがショーグン側に食い込んでいるとの情報も摑んでいた。ジャーディン・マセソン・フランスがショーグン側に肩入れし、ジャーディン・マセソン・イギリスがミカド側を応援する。ショーグン側もミカド側も大手商社がバックアップしてくれていると思い込んでいるが、どっこい根はひとつだからどちらが勝っても損はしない。多国籍企業の強みだ。これはパークスのみならず、本国の意向でもあった。

トーマスはこのカラクリを見抜いていた。日本を中国の二の舞いにはしたくない。相手がイギリス公使であろうとも一歩も引かない。薩摩、長州、土佐などへの売掛金も膨大な金額にのぼっている。口論は、取っ組み合いになりそうなほどにすさまじかった。貿易商たちは、二人のやり取りを遠巻きに眺めていたが、やがて一人減り二人減って、パークスとトーマスだけが残った。議論は夜を徹して続いたが、とうとう歩み寄りはなかった。

第三章　危険分子

一

歴史は少々遡《さかのぼ》る。

徳川幕府が江戸に移ってからも、大坂は物流の要だった。堂島川と土佐堀川にはさまれた中之島の南側一帯は、短冊状に掘割りされた運河だった。各藩の蔵屋敷が軒をつらねる。薩摩藩だけでも、上屋敷、中屋敷、下屋敷、濱屋敷と四つの倉庫をかまえていた。

全国から集まる米や山海の物産は、廻船で大坂湾の沖合に届くが、陸送がままならない。そこで米市場のある北浜《きたはま》の西側にかけて掘割りが廻らされ、船荷は艀《はしけ》によって淀川の支流を遡り、各藩の蔵屋敷にじかに納められた。蔵の大きさと数が、藩の財政を物語った。ひときわ目立ったのが薩摩、長州、土佐などだが、なかでも薩摩、長州は目と鼻のさきで、艀の往来もあわただしかった。

蛤御門の変のあと、薩摩藩が長州征討に加わったということから、薩長のあいだは一触即発だった。だが交渉のパイプが途切れたわけではなく、あんがい隣組の縁が緩衝帯の役割をになってもいた。志士たちが艀に身をかくし、蔵屋敷前に忍びこめるというのも好都合だった。そ知らぬふりをして、龍馬は両藩蔵屋敷を行き来した。根回しである。

龍馬の言い分はただ一点。

「この期《ご》におよんで、薩長雄藩が仲たがいとはなにごとぞ」

龍馬もこのころには、一介の土佐藩下級武士ではない。幕臣、勝海舟の弟子であり、朝幕双方に広いカオをもつ。龍馬の言葉はそのまま本国に伝えられた。

長州藩にとって欲しいものは、武器、弾薬だった。いまや攘夷などと寝惚《ねぼ》けたことを言っているときではない。長州藩主の毛利家は、祖先をたどれば公家だった。だから藩主みずから帝に好意を抱いていた。毛利元就《もとなり》の代になって、安芸《あき》吉田に城を築き、領土を拡大し西南の雄藩にのしあがった。

安政五年に日米修好通商条約が結ばれたあと、「航海遠略策」（公武合体にもとづく開国論）が藩論の主流だった。文久二年から「破約攘夷論」がとってかわる。ひらたく言うと、不平等条約をいったん破約にしたあと開国するということだ。これに尊皇論がむすびついた。長州藩は尊皇攘夷派の拠点となった。

イギリス留学に出ていた長州五傑のうち、伊藤博文と井上馨が戻ってきた。長州藩が関門海峡を封鎖するとの情報を聞き、取るものも取りあえず帰路に着いたのだ。ヴィクトリア朝全盛期、産業革命まっただなかのイギリスを垣間見てきた二人にとって、なんとバカげたことを、と思わざるを得なかった。まるで筋金入りヤクザと洟《はな》たれ小僧の喧嘩だ。

だが二人の説得にもかかわらず、四ヵ国連合艦隊による下関砲撃は実行された。藩重臣は恐怖におののいた。武器がどれだけつよい味方になるか思い知った。

かたや薩摩はサトウキビの独占販売で利益をあげ、これといって必要なものはない。幕府のさしがねで、諸藩に武器を売ることはかたく禁じられていたが、昵懇《じっこん》のトーマスをつうじて、武器、弾薬はいくらでも入手できる。

この取引を通して、薩摩と長州の手を握らせたい。龍馬の願いはこの一点だ。薩長の両藩邸を出入りしながら、夜は北浜の料亭「花外楼《かがいろう》」に寝泊まりした。志士たちがたむろする宿だ。むろん宿代、玉代は両藩へのツケだ。(このままじゃ埒《らち》があかんぞ)と龍馬が感じ始めたころだった。

長州を孤立させることは、けっして得策ではない。グラバーとともに上海を見てきてから龍馬の思いはしだいに固まった。帝と将軍の対立どころか、将軍に取って代わろうとする二大雄藩がいがみ合っていたのでは、国内は四分五裂。列強の思いのままだ。薩摩藩の十二代藩主は島津忠義《ただよし》だが、忠義は十一代藩主・島津斉彬《なりあきら》の子ではない。斉彬が急死したあと、斉彬の異母兄弟である、弟・久光の息子に移譲された。世間では斉彬、久光兄弟は不仲だと噂されたものだが、斉彬は弟想いであった。久光も斉彬の開明的な見識に一歩譲るところがあった。

じつは斉彬の母周子《かねこ》は徳川家康の直系であることから、将軍家にはきわめて近い。当然ながら藩主忠義の実父である久光は将軍家へ親しみを感じており、公武合体により将軍職が自分に回ってこないともかぎらないという下心があった。斉彬の息のかかった西郷、大久保と折り合いが悪かったのはそのためだ。

一方、長州藩は吉田松陰をはじめとする尊皇攘夷派の牙城となっており、とくに下級武士にこの思想がふかく浸透していた。農業が盛んな藩であったが、財政が豊かであったとはいえない。

龍馬は思った。琉球で穫れるサトウキビによって莫大な利益を上げていた薩摩藩と、士気の高い長州藩を結びつけるいがいに日本を救う道はない。薩摩藩、長州藩ともに交友関係の広かった龍馬は、薩摩の陰の実力者西郷、大久保を引っ張りだし、一方、長州からは桂小五郎（のちの木戸《きど》孝允《たかよし》）を説得して連れ出し、両者の手を結ばせるほかないと考えた。

二

年号変わって慶応元年夏。

伊藤博文と井上馨が長崎の亀山社中を訪ねてきた。まだまだ長崎奉行所の監視がきびしかったころで、夜陰《やいん》に乗じての訪問だった。伊藤、井上ともに凡庸《ぼんよう》な農民のように、龍馬には思えた。しかし龍馬は大喜びだった。これから長州藩を牽引《けんいん》していく若者たちだ。何度も長州に足を運んだ苦労が報われたと思った。さっそく酒の席になる。

二十人ばかりの男たちが三人を取りかこむ。

「ところでご用向きは？」

身を乗りだして龍馬が訊ねる。

「坂本どののもご案内のように、わが藩は朝廷ばかりか、四ヵ国の連合軍まで敵にまわしてしもうた。われら二人はこの目で欧州を見聞してまいったが、とてもとてもわが日本の敵ではござらん」

「かの国の軍事力はさほどに優れておるのか？」

「軍事力ばかりではござらん。あらゆる面においてさきに進んでおる」

「このままでは日本は、乗っ取られるとも聞くが……」

「まさにそうじゃ。憚りながら申し上げるが、貴殿にひと肌脱いでいただきたいことがござる」

「遠慮のうおっしゃってくだされ」

「わが藩に、軍艦や武器、弾薬を斡旋《あっせん》していただけまいか」

伊藤、井上はふかぶかと頭をさげた。

「その件に関しては、ワシからも提案がござる。ま、頭を上げてくだされ」

龍馬は、言葉をやわらげて切りだした。

「武器、弾薬の斡旋はたやすきことにござる。イギリスの貿易商、ガラバどのとはお前、ワシのあいだがらじゃきにのう」

伊藤、井上の目が輝いた。

「だが、ガラバどのは薩摩とは切っても切れん仲なんじゃ。いろいろ因縁もござろうが、ワシのカオたてて薩摩と手を結んではいただけまいか」

「うーむ」

伊藤は腕を組み、うなった。

「そうじゃ、ご両人がお出でくださったのが良い機会じゃ。薩摩藩の貿易会所に小松帯刀《たてわき》様がご滞在のはずじゃ。だれかご意向をお聞きに、走ってくれんか」

使いの者はすぐに戻った。

「小松様は、いっこうに構わんと仰せられておりますが」

「奉行所の目が光っておる。ワシは今夜は控えておこう」

龍馬はにんまりと笑った。

腹心の近藤長次郎を案内役につけ、両人を薩摩藩・貿易会所に連れていった。

小松帯刀は端整な顔だちの男だった。島津家の遠縁に当たる。幼いときから聡明の誉れたかく、島津久光によって、二十七歳で家老に抜擢された。伊藤、井上とは家格が違いすぎる。かといって小松は両人を軽んずるような男ではなかった。地元薩摩では、町人や農民の利用する露天風呂に一人で出かけ、親しく談笑するような気さくなところがあった。

長州五傑にならって、薩摩藩でもイギリスに留学生を送り出したばかりだった。欧州世界を垣間見てきた両人の話に、小松は熱心に耳を傾けるのであった。

＊

龍馬はさっそくグラバー邸に向かった。

小松との会談は挨拶ていどにとどめ、夜は亀山社中にて休んでもらうよう、近藤長次郎には申し渡しておいた。翌日、グラバー邸に案内すればよい。

「ガラバどの、喜んでくれ。先刻、長州藩の伊藤、井上ご両人が亀山に訪ねてこられた。小松様にお伺いをたてたところ、苦しゅうないとの仰せじゃ。明朝、小松様にここに足を運んでいただこうと思うが、いかがなものじゃろ」

「永年の念願が、いっきに叶ったようですね。おめでとうサカモトさん。なによりコマツ様が長崎にご逗留中というのがさいわいでした」

「蛤御門の変では、矛先《ほこさき》を交えたあいだがらじゃきにな」

「やはり武器、弾薬の購入ですか、ねらいは」

「各国貿易商に、諸藩への武器、弾薬の販売を禁止するっちゅうお触れが、幕府からでちょるでの。見つけたらイギリス艦隊が砲撃するちゅう脅しまでついちょる」

「薩摩には私が売ってますが……」

「久光公が、島津家は徳川家康公の直系じゃと仰せになって、幕府も、ようモノを言えんのじゃ」

「薩摩は諸藩のなかでも別格ということですか」

「だから、薩摩と仲のよいガラバどのは、おめこぼしということじゃ、わっはっは」

「なるほど」

「そこでじゃ、ガラバどの。薩摩藩が買いつけたことにして、長州藩に武器、弾薬を売ってもらえんじゃろか」

「コマツ様がなんとおっしゃるか」

「あのなあ、トーマス」

龍馬はちょっとおどけてみせた。

「長州藩に武器を売ろうが売るまいが、ワシにとってはどうでもええのよ。ホンネを言うと、これを機会に薩摩と長州に手を結んでほしいんじゃ」

龍馬の目から涙がこぼれたのを見て、トーマスは驚いた。

翌朝、小松帯刀は伊藤、井上をしたがえてグラバー邸にやってきた。

「ご両人は亀山に戻られたのでは？」

「いやいや、じっさいに欧州の土を踏んでこられたお二人の話が、あまりにおもしろうてな。むりを言うてワシが引き止めしたんじゃ。よき勉強をさせていただいた」

「長州藩の希望については、お聞きになられましたか」

龍馬が小松に訊いた。

小松は慧眼《けいがん》だった。

蛤御門の変いらい朝敵とされ、長州征討にあったうえ、四ヵ国連合艦隊の爆撃にもさらされた。武器がほしいという窮状も理解できた。だが長州藩下級武士の依頼を、久光公を差し置いて自分が請けたかたちをとるのはいかにもまずい。幕府と薩摩藩の争いを生むやもしれぬ。

だからこそ伊藤、井上との面談は、欧州見聞噺にとどめておいた。

かといって龍馬の面子を潰すわけにもいかない。

「生麦事件のあとの薩英戦争で、薩摩も手痛い目にあった経緯がござる。近く二度目の長州征討が計画されているとの噂も耳に挟んでおる」

「小松様、薩摩藩がガラバどのから武器、弾薬を買い入れ、わが亀山社中が長州に届けるという案はいかがでございます」

「それは妙案じゃ」

小松はポンと膝をたたいた。

「じつはわが藩はコメが不足しておる。代金は、大坂の藩屋敷にコメで納めていただくというのはいかがじゃろう」

「たやすき御用にござります」

伊藤が胸を張った。

これで薩長の商談はおわった。ふといパイプができたのだ。幕府の御法度をうち破るイギリス武器商人と、二大雄藩のスクラムだ。慶応元年七月二十一日のことだ。

薩摩会所に戻るときかない、かたぶつ小松と別れて、一行は丸山遊郭にしけこんだ。

さっそく龍馬は、グラバー商会から大量の小銃を買いつけ下関に運んだ。また年末には最新の蒸気船ユニオン号購入も仲介した。

そして慶応二年一月二十一日、ついに薩長同盟が結ばれた。

場所は京都の小松帯刀邸（御花畑。現在の北区小山町あたり）。

京都に薩摩藩邸は中央、南、北と三つある。中央は繁華街のどまんなか。四条通と錦小路のあいだ（現在の京都大丸の場所）。南は伏見藩邸で、龍馬が襲われた寺田屋の近く。北は二本松藩邸で御所の北側（同志社大学の場所）だ。錦小路藩邸と伏見藩邸は目立ちすぎる。要人が集まるときには人目に付きにくい小松帯刀邸がつかわれた。

集まったのは薩摩側が小松、西郷隆盛、大久保利通。下級武士であった西郷と大久保を、小松が抜擢し藩幹部に登用していた。

長州側は木戸孝允。龍馬同様の大男だが、藩きっての慎重派。揉め事が苦手で「逃げの小五郎」という綽名がある。

仲を取りもつのが龍馬だが、到着が遅れた。会談の場に入ると、木戸と西郷が侃々《かんかん》諤々《がくがく》の議論をしている。同盟の話ではなく、国体の在り方といった抽象論だ。

「この土壇場で、なんちゅうトンチンカンな意地はっちょるね。今日は両藩が手え結ぶ日じゃろうが」

口頭で決まったのは六ヵ条。倒幕というような大それた内容ではなく、両藩のいずれかが攻撃をうけたら他方が援護するというものだ。手打ちを合図に、ぞろぞろと芸者衆がなだれ込んできた。同盟の約定書は、のちに小松が清書し、龍馬が裏書きした。

＊

薩長同盟という大仕掛けの芝居を成功させた龍馬。

ことの重大さを知ってか知らずか、相も変わらずひょうひょうと京の街をぶらついていた。二日後の深夜、同行していた長府藩の三吉慎蔵《みよししんぞう》と、伏見の定宿《じょうやど》、寺田屋に投宿した。

女将に預けていた愛人のお龍《りょう》が、ここで働いている。彼女は長州の医者の娘だ。

午前三時ごろのことだ。

お龍が湯をつかっていると、なにやらざわざわと物音がする。おおぜいの人間が声を潜めて合図しているようだ。

（龍馬があぶない！）

お龍の頭にひらめいた。濡れた身体に浴衣《ゆかた》をひっかけ、ダダーッと階段を駆けのぼった。

「あんたっ、侍がようけ取りかこんじょる」

討幕派のアジトとして寺田屋はマークされていた。龍馬をねらっての捕り物ではなかった。薩長の大物が動いているとの情報をつかみ、伏見奉行がアミをはっていたのだ。女の叫びとともに、数十人の侍たちがなだれ込んできた。三吉は槍の名人だった。龍馬は高杉晋作にもらっていた拳銃で応戦したが、このとき親指を落とした。

龍馬と三吉は窓から飛びだし屋根づたいに逃げた。とりあえず材木屋に身を潜め、三吉が薩摩藩伏見屋敷に救けをもとめた。ほとぼりが冷めるまで小松帯刀邸にかくまわれ、伏見から大坂に川船で下り、大坂から海路、薩摩にうつった。寺田屋事件である。

三

このころトーマスは、大坂と神戸にグラバー商会の支店をもうけ、長崎とのあいだをひんぱんに行き来していた。大坂での得意先は、いうまでもなく薩摩藩蔵屋敷だ。

滞在中、寝泊まりしたのが北浜の「花外楼」だ。

多くの仲居のなかに、ツルという目鼻の造作がひときわくっきりとした大柄な女性がいた。痒《かゆ》いところに手が届くというのか、気配りにたけ、男まさりの気風《きっぷ》のよさがある。

嘉永元年、談川安兵衛、サトの長女として大坂松島に生まれた。十五のとき、岡藩(豊後国竹田)の藩士、山村国太郎に嫁ぎ竹田に移り住む。翌年、長女センを生むが、セン二歳のとき山村と離縁し大坂にもどった。

馴染み客のトーマスと抜き差しならぬ仲となり、慶応二年、薩摩藩の五代友厚がなかにたって夫婦《めおと》となった。ツル十九歳のときだ。

トーマス自身が驚くほどに、彼の事業は拡大していった。すでに茶、生糸の輸出は微々たるものとなっていた。幕府の禁止令などどこ吹く風で、諸藩、幕府ともに軍艦、武器、弾薬を買いまくった。トーマスはアームストロング商会から輸入した大砲を幕府に売り、その儲けをそのまま薩摩藩に貸しつけるなど、荒業《あらわざ》をやってのけた。薩摩藩とは一蓮托生《いちれんたくしょう》だ。

上海でのイベントに使われた蒸気機関車を長崎に運び、大浦海岸通りを走らせたり、レガッタ競技大会を催したりして、長崎では名士として親しまれていた。

またグラバー邸の南、小菅《こすげ》と呼ばれる入り江に、艦船の修理工場もこしらえた。そろばん状のレールに船をのせ、蒸気機関で引き上げるため、〝そろばんドック〟とよばれた。

この年二月、トーマスは薩摩藩に招待された。久光みずからもてなすほどの気のつかいようだった。トーマスは、薩摩にとって敵国の武器商人だ。その武器商人が幕府の禁を犯してまで薩摩に肩入れしてくれる。

（この絆はなにを差しおいても維持しておきたい）と久光は思った。

パークス公使が日本を訪れてから一年がたった。

外交使節であるから、現政権である幕府と折衝すると言い張ったパークスも、幕府の体《てい》たらくにはほとほと愛想をつかしていた。

薩英戦争で砲火を交えた仇だが、薩摩が戦意喪失したかと思いきや、その気配はまったくない。すぐさま武器を買いあつめ、ちゃくちゃくと反撃のチャンスをうかがっている。その仇に武器を売っているのがトーマスだという証拠は、隠密がつかんでいる。

四月、イギリス本国から通達がとどいた。

『日本において政治的介入はさけ、通商の範囲にとどめる。ミカドとショーグンの政争には中立をたもつべし』

これをどう解釈するか。インドをはじめとする植民地政策やアヘン戦争は、国際世論の激しい反発のみならず、イギリス議会の反対にもさらされていた。国家の主権を侵すことはまかりならぬが、ものはどんどん売り込め。武器であろうとも。

クセ者パークスとしては、いちど薩摩の力量を目にしておきたい。しゃくにさわるが、宿敵トーマスに取り次ぎを頼むしかない。

いっぽうトーマスは踏んだ。

(ここは、ひと肌脱ぐほうが得策だ)

パークスには〝貸し〟をつくれるし、虚勢を張っているが内心びくびくしている島津久光には恩を売ることができる。

七月三日、横浜を出港した船は、関門海峡、長崎をへて二十七日に薩摩に着いた。パークスらは先代藩主、島津斉彬がきずいた集成館の反射炉などを見てまわった。これだけ熱心に科学技術の導入をはかっている、ということに一行はおどろいた。

七日間の滞在のあいだ、久光はパークス公使を主賓としては扱わなかった。つねにトーマスをたて、トーマスの意向を尋ねてからことをすすめた。パークスをたてれば、敗軍の将として媚《こび》を売るようにみられる。それを懸念したのかもしれない。

パークスのほうは、いっこうに意に介した風はなかった。むしろイギリスの一諸侯のように思っていた大名というものが、これほどの力とプライドをもちうることに、ある種の感動すらおぼえた。西郷や寺島宗則《てらしまむねのり》にも会った。覇気がある。

徳川三百藩、百万人といわれるサムライたちは、日々の糧を得るために、定まったワクのなかで、定まった仕事だけをこなしてゆく。出すぎた杭はうたれるのだ。ところが西南雄藩では、すぐれた者は、たとえ下級武士や農民であっても抜擢される。もともと失うものがないから、強い。

幼いころ両親と死に別れ、中国にわたって独力でのし上がってきたパークスは、みずからの人生を重ねあわせるのだった。薩長土肥にこそ幕府を倒すパワーがある。帰路の船上でパークスは確信した。

＊

同じころ薩摩の名所を廻る男女があった。龍馬とお龍だった。寺田屋の事件で親指を落とした龍馬は、七十日にわたって発熱に苦しんだ。西郷の勧めもあって温泉巡りをした。数年前の薩英戦争の傷跡が、城下町のいたるところに残っている。つかのまの慰安の旅だったが、そのあいだ日本の立場を振り返ってみた。

たかがヨーロッパの一国の艦隊によって、雄藩の薩摩や長州が叩きのめされている。上海であったジャックの、薄ら笑いを思いだした。

『ショーグン派とミカド派に分かれて、これから内乱になる。おもしれえ戦になりそうだ』

両軍に武器、弾薬を売り込み、ともに力尽きたところで占領に乗り込む。清国のように、ひとびとは魂を抜かれ、一時の快楽をむさぼるようになる。（ひょっとしてワシは、欧米列強の手足として踊らされているんじゃあるまいか）龍馬は考え込んでしまった。

薩摩の空は目にいたいほどの群青色だった。右手に薩摩富士、左手の桜島からは、湯煙りのような白い筋が立ちのぼっていた。先を歩くお龍が振り返った。

「あんた、桜の蕾《つぼみ》がもうじき開きそうやわ」

龍馬は立ち止まり、にっこりと微笑《ほほえ》んだ。ことここに至って迷うべきではない。この素晴らしい日本の国土を欧米人のものにしてはならない。

四

この年のはじめ、土佐藩は長崎西浜町（現在の浜町）に出先を設けた。土佐開成館貨殖局長崎出張所といった。アメリカ漂流から帰ったジョン万次郎を通訳としてつかい、土佐藩士、後藤象二郎《ごとうしょうじろう》が外国との貿易業務を始めた。

この通称土佐商会に、留守居役として派遣されたのが岩崎弥太郎だった。岩崎は土佐国安芸郡井ノ口村の貧農の出だった。きかんきの強い子だったが、向学心に燃え、吉田東洋《よしだとうよう》の門下生になった時期もある。後藤象二郎に抜擢され土佐商会の会計担当になった。

すでに長崎に亀山社中をかまえて、ここを拠点としていた龍馬は脱藩浪人。かたや後藤は、藩政にも携わる上級武士。昔から折り合いがよろしくない。

いやでも目立つ龍馬の噂をかねがね耳にしていた岩崎は、双方の顔色をうかがいながら右往左往した。女遊びの好きな龍馬と丸山あたりで出っくわすと、これまた女には目のない岩崎はたらしこまれる。藩のカネをあずかる岩崎が龍馬とともに放蕩《ほうとう》に明け暮れ、土佐商会の資金をつかいこむことがたびたびあった。

土佐藩十五代藩主・山内容堂《やまうちようどう》。幕末四賢侯とはいわれるが、藩主みずからけったいな男であった。酒と女にうつつをぬかし、家臣たちにも臍《へそ》から下の失敗は大目に見るところがある。カネの無心に岩崎がもどってくると、ぶつぶつ言いながらも資金を出した。それというのも土佐藩はクスノキの産地で、これから抽出される樟脳《しょうのう》が火薬の原料になった。樟脳とカツオブシを後藤が懸命に売りあるき、龍馬と岩崎が遊興につかう。

土佐藩はもともと公武合体派だったが、藩主容堂は「酔えば勤王、醒めれば佐幕」と揶揄《やゆ》されるくらいの風見鶏。薩長が手を結んだとなると、居ても立ってもいられない。あいだを取り持ったのが龍馬だと聞いて、なんとか龍馬と復縁するよう後藤に命ずる。

亀山社中に岩崎をやり、龍馬お気に入りの料亭、「清風亭」におびき出そうと腐心する。だが龍馬はのってこない。このあたりが龍馬という男の真骨頂だ。花魁《おいらん》の手練《てれん》手管《てくだ》のように、焦《じ》らすのである。女の扱いには慣れているはずの容堂公が、まるで女に恋い焦がれるように龍馬に想いをよせる。

いやいやながら龍馬が清風亭に足をはこぶ。

後藤と顔を合わせるやいなや龍馬がうそぶく。

「オンシ、ワシに用がか？」

むっとして後藤がこたえる。

「おお、たいそうなモノ言いじゃのう」

「土佐藩とは縁をきった人間じゃきにな」

いやしくも土佐藩をしょって立つ重臣だ。脱藩浪士なんぞにオンシ呼ばわりされる筋合いはない。しかし怒るわけにはいかない。藩主容堂の命令である。そばに控えた岩崎がはらはらしている。

「かつての藩主、山内容堂さまのために、ひと肌脱いでくださらぬか」

「して、何をせよと仰せじゃ」

「ちょうど一年前に、オンシの仲立ちで薩長が手を結んだときいておる。容堂さまは、わが藩も薩摩と盟約をしておきたいと仰せじゃ」

「うーむ」

龍馬は腕を組んだ。この手の駆け引きは龍馬の十八番《おはこ》だ。

「おそれながら、容堂公のご発言は、もひとつ分からぬところがござってのう」

龍馬はわざと眉間《みけん》に皺をよせた。

「この件はいったん持ち帰らせていただきたい」

ここでポンと後藤が柏手《かしわで》を打った。待ちうけていたように酒肴《しゅこう》が運びこまれる。おどろいたことに、龍馬なじみの芸者もよばれていた。

もともと後藤と龍馬は席を同じくする間柄ではない。ぎこちない雰囲気を和らげようと、幇間《たいこもち》よろしく尻をまくって、岩崎はドジョウ掬いを踊った。

浦上川から暖かい風が吹き上げるようになったある日、龍馬がひょっこり土佐商会を訪ねてきた。忙しい後藤にかわって留守居役となっていた岩崎がむかえた。

「土佐と薩摩の盟約の話じゃが、薩摩の小松帯刀様にお会いし、ないないにご諒解をいただいてきた」

「それはありがたいことじゃ」

岩崎は顔をくしゃくしゃにして喜んだ。

だが龍馬は眉を寄せた。

「ひとつ問題があってのう」

「なんじゃ、そりゃ」

「ワシは土佐の脱藩浪人じゃきに。脱藩者が薩摩と土佐の盟約に立ち会うのはどんなもんじゃと仰せられる」

これは龍馬の真っ赤なウソである。

「そなたが土佐藩にもどるのが先ではござらぬか、との小松様のお言葉じゃった」

しれっと言って顎を撫でた。坂本龍馬、駆け引きの天才である。亀山社中を維持していく資金繰りに困っていた。大口のスポンサーが欲しかった。かくして亀山社中は、土佐海援隊と名をあらためた。隊員に月五両の手当ても払える。

＊

ケネス・マッケンジーが帰ってきた。港に降り立った姿を見て、トーマスは唖然とした。痩せこけ、生気を失い、まるで亡霊のようだった。

「苦労されたんですね」

「命からがらってとこだよ」

安堵のあまりか、目にはうっすらと涙が浮かんでいる。ジャーディン・マセソンの人事異動で、マッケンジーは揚子江の中流、漢口《ハンコウ》（現在の武漢）にとばされていた。

「どんな様子でした？」

「まったくひどいところだよ。上海みたいに開けていないから治安は悪いし、食べ物も合わない」

トーマスは彼をグラバー邸に案内した。

「先輩が買っておいた土地に建てたものです」

マッケンジーは、手入れの行き届いた庭を、足裏で確かめるように歩いた。垣根のそばに立ち浦上川を見下ろす。二十艘《そう》あまりの帆船が帆を下ろしている。腕をひろげ胸いっぱいに空気を吸った。

「まるで地上の楽園だ」

「先輩の部屋も用意してあります」

二人は連れだって屋敷のなかに入った。マッケンジーの部屋には、暖炉の上にピンクのドレスを着たスコットランドの人形が置いてある。

「そうだ、いいものがある」

マッケンジーはトランクのなかから、ビールの小瓶を五本取り出した。

「上海の事務所にあったのをくすねてきたんだよ。こんどオランダで生産が始まったハイネケンというんだ」

トーマスは栓をぬき、口にあててぐいぐいと飲んだ。

「いけますね。こんなもんが日本でどんどん売れればいいんだが」

「ところで、おツルさんは同居していないの?」

「うん、ちょっとわけがあってね。丸山遊郭近くの西小島に家を借りて住まわせている」

「もう遠慮することは、ないんじゃないか。レガッタ大会なんかをやって日本人社会に溶け込んでいるって、上海でも評判だぜ」

「じつは先輩、商いが大きくなりすぎて、ちょっと心配になってるんです」

「軍艦や武器、弾薬が中心になっているそうじゃないか」

「ジャーディンがどんどん押し込んでくるんです。未払い金がもう十万ドルになっていますよ」

「製品上のトラブルはないのかい。アメリカの南北戦争じゃあ、けっこうあったというが」

「アームストロング砲の暴発とか、蒸気船のタービンとか、いろいろ出てます」

「一回イギリスに戻って、出荷態勢を整えたほうがいいんじゃないのか」

不安材料は山ほどあった。

佐幕派、討幕派の鍔迫《つばぜ》りあいは、これからますます激しくなる。いつ実弾が飛び交ってもおかしくない。軍艦、武器、弾薬は、いくら補充しても足りない。かつてない書き入れどきになるだろう。そんなおり、里帰りなんぞしていていいものだろうか。

あれこれ迷っていると、息を切らして飛脚が駆けこんできた。

書状を開く。きちょうめんなペン書きの英文で、つぎのように記してある。

『貴殿の父上が重篤な病いに苦しんでおられます。至急アバディーンにお帰りになることをお勧めします』

日付も署名もない。どこから発信されたものか飛脚に尋ねるが、中継ぎから受けとったので分からない、と及び腰だ。

そもそも本物かどうかも分からない。アバディーンと書いてあるからには、自分を知っている人物に違いあるまい。たんなる悪戯だろうか。だとしたら誰が、なんのために？

ここいらでいったん帰国しておくべきだという気持ちもあった。戦火が拡大し、流れ弾に当たって死亡という可能性もないではない。家族との今生《こんじょう》の別れはしておくべきだろう。さらに戦火が長びいたときのために、出荷態勢の強化はぜひやっておきたい。

いまの時局の流れからみて、この半年のうちにドンパチが始まるとも思えなかった。あんがいこの半年が、最後のチャンスなのかもしれない。

決断のはやい男だ。帰国のための荷造りをしていると、ひょっこり岩崎弥太郎があらわれた。岩崎はいまや土佐商会の金庫番だ。

「ガラバどの、オンシ、イギリスに逃げるおつもりか？」

「いやいや、そうじゃありません」

トーマスは鷹揚に笑った。

「戦をまぢかに控えて、本国の出荷態勢をチェックしておこうと思って。幸い先輩のマッケンジーが漢口から戻ってきてくれたのでね」

それでも岩崎は、訝《いぶか》しそうな目でトーマスの作業を見ていた。

「で、今日はどんなご用むきで？」

「例の高島炭坑の状況はどうかと思うてな。これから戦争がおっぱじまると石炭は不可欠じゃろ」

「さすがイワサキさん、目の付けどころがいい。軍艦も、帆船より蒸気船のほうが機動的ですからね」

「石炭の掘削というのは難しいもんですか？」

「今回の帰国で、掘削機のことも調べてきましょう」

「オラは、これからの産業は物流じゃ思うんじゃ。つまり造船と石炭がカギを握る」

トーマスは岩崎の目をまじまじと見詰めた。

「今年の秋には長崎に戻ります。具体的な話はそれから煮詰めましょう」

*

十九歳のトーマスが上海へ渡ったときの航路は、南アフリカの喜望峰をまわりこんでインド洋に出るという大航海だった。いまだ開通はしていなかったものの、紅海から地中海へ抜けるスエズ運河が工事中で、一部陸路をとれば二ヵ月の航程だった。

感慨ぶかい旅だった。十年まえを思い出した。大嵐にみまわれた喜望峰では、嘔吐で死ぬ思いだった。未知の世界に乗りこみ、慣れない環境のなかで築いた事業を土産に、いま意気揚々と母国に帰る。船首に立つトーマスの顔を、地中海の暖かい風が撫でていく。まさに人生の絶頂期にあった。

アバディーンでは地元新聞社の取材をうけた。弱冠二十九歳にして、トーマスは名士だった。一家が、いや親戚中が鼻高々だった。すっかり老けこんだ父も、洟をすりあげながら喜んだ。

ふと「父、危篤」の手紙を思い出した。父はこんなにも元気じゃないか。あんな手紙を出して、だれか得でもしたのだろうか？　だが大歓迎の混乱のなかで、トーマスは手紙のことなど忘れてしまった。

祝福の歓喜のなかに、ゆっくり浸る余裕はなかった。いくつかの造船所では蒸気船のタービン不良を改良せねばならなかったし、アームストロング社では新型大砲の自爆事故を報告する必要があった。

トーマスが送り出した薩摩の留学生たちの暮らしぶりも気掛かりだった。数人ずつアバディーンに招いて、産業施設を案内した。スーツに身をかためテンガロンハットを被って、いっぱしのイギリス紳士をきどった留学生たちは、なんとも滑稽だった。まるでサルが人間の格好をしているようだった。

だがトーマスは笑わなかった。いや笑えなかった。昼はロンドン大学で学び、あいまをぬって、製鉄所、印刷所、造幣所、紡績工場などを見学する青年たちをどうして笑えようか。

四月一日から、パリ郊外で開催される第二回パリ万国博覧会に、トーマスは留学生たちを引きつれて参加した。最新の産業機器が展示される万博に、留学生は大きな関心を持っていた。

「日本国を代表してブースを出し、勲章を展示しよう」

と発案する者がいた。さっそくロンドンで勲章製作が始まった。

ところがパリに着いてみると、驚いたことに、徳川幕府がブース出展していた。おそらくフランス公使、ロッシュが勧めたものだろう。幕府は徳川慶喜の弟、徳川昭武《あきたけ》を団長に、三十人あまりの大所帯だ。日本舞踊や火消しの曲芸を披露した。

一方、留学生一行は「日本薩摩琉球国太守政府」の看板を掲げ、薩摩琉球国勲章を展示した。勲章を発行できるのは国家の元首だけである。

幕府側は、「ただちに撤去せよ」と迫る。だが薩摩は一歩も引かない。

このままでは幕府の面子はまるつぶれだ。あわや乱闘かという場面にいたったが、ここは第三国。決着は本国で、ということに相成った。幕府も嘗められたものだ。

パリ万博には幕府派遣の留学生もおおぜい入っていた。日本の内乱についての流言《りゅうげん》飛語《ひご》がひそかに駆けめぐる。薩長につづいて土佐も倒幕に動き出したらしい。いっぽうで内乱を回避しようとする公武合体派の動きもあわただしくなってきた。徳川家から帝へ大政奉還しようと、動きまくっている男がいる。坂本龍馬という。いっきに倒幕に持ちこみたい尊皇攘夷の急進派が、坂本を狙っている……。

そんな噂をイギリスの武器商人から聞いた、と留学生の一人がトーマスに耳打ちした。あり得ない話ではない。トーマスは胸騒ぎがした。なぜそんな話が、イギリスの武器商人の口から出たのだろう。

トーマスに宛てられた「父、危篤」の怪文書が、チラッと脳裏をかすめた。

*

当の龍馬、神経の図太い男だ。本来なら死罪となる脱藩を二度もやったうえ、土佐海援隊隊長としてみたび召し抱えられることになった。海援隊の台所は、土佐藩出向の岩崎弥太郎がみている。カネ繰りの心配はなくなり、大海に放たれたカツオのように、龍馬は動き回る。

土佐藩に人材がなかったわけではない。吉田東洋や武市《たけち》半平太《はんぺいた》など、逸材はいくらでもいた。ただ育たなかったのだ。とくに武市は、歌舞伎の舞台に立って大見得をきれる男だった。目立ちたがりやの山内容堂は、武市の存在がけむたい。

たとえば、武市半平太が容堂に謁見する場面を想定してみる。壇上はもちろん容堂である。一段下がって座敷にひれふすのは半平太だ。ところが居合わせた衆目には、はるかに半平太が上役に見える。人間の重みがかくだんに違う。皆が半平太を見る目が、このちぐはぐな差をはっきりと示している。容堂はこれが気になってしかたがない。こんなことが幾度となく続いた。半平太の勇み足をあげつらい、これを理由に半平太に切腹を命じた。

いまや時代の大立者となった龍馬は、そんな容堂の弱みを手玉に取った。藩主容堂より役者がいちまい上だった。パトロンの付いた龍馬は、海援隊士を引き連れ、夜の丸山遊郭に繰り出す。お目付け役の岩崎も、容堂お気に入りの龍馬にたてつくわけにはいかない。ブッチョウ面さげて、ひょこひょことうしろにしたがい、まっさきに裸踊りに興ずるのもまた岩崎だった。

カネが底をつくと、岩崎は土佐に帰って無心する。惚れた側の弱みで、目を剝《む》きながらも容堂はカネを出す。そのカネをふところに、龍馬は海援隊と岩崎をともなって紅灯の巷に通うのだった。

慶応三年五月二十一日、京都の小松帯刀邸に薩土の大所《おおどころ》が集まった。

薩摩藩からは小松のほか西郷隆盛、土佐藩からは乾《いぬい》(のちの板垣)退助、谷干城《たにたてき》。あいだをとりもったのは土佐の中岡慎太郎だ。中岡は、龍馬の海援隊にたいして、陸援隊の隊長に任じられた。会談の内容は、武力による倒幕。世にいう薩土密約だ。合意内容はただちに、京都にいた容堂に伝えられた。

念願の薩土合意は成った。薩長の輪に土佐もはいった。

ところが、ここにいたって容堂の悪いクセが出た。「倒幕」はいいが「武力による」という文字がひっかかった。じつはこの御仁《ごじん》、山内家の嫡流《ちゃくりゅう》ではない。嫡子の夭折《ようせつ》が相次ぎ、幕府の配慮があって藩主になった。恩を仇でかえす……。こんどは、これが気になってしょうがない。

「龍馬はどうした?　連れてこい」

と騒ぎだす。

(いよいよワシの出番じゃきに)

龍馬は笑みを浮かべた。時よし。舞台よし。

土佐藩所有の軍艦、夕顔丸が長崎を出港する。龍馬は椅子に片足をかけ、瞑目する。御一新後の国体をそらんじる。龍馬発案ではない。勝海舟や横井小楠《よこいしょうなん》らの請け売りだ。

それを海援隊士の長岡謙吉が筆記する。「船中八策《せんちゅうはっさく》」のできあがりだ。

龍馬は蓬髪を海風になびかせ、夜空を仰いだ。

トーマスと歩いた上海の夜が目に浮かぶ。不思議な老人ジャックが案内したアヘン窟。いま国内が二分すれば、アヘンの代わりに武器、弾薬を持ち込まれ、いずれ諸外国になぶりものにされるだけだ。

「船中八策」は後藤象二郎に手渡した。後藤はこれを私案として容堂に献上する。武力討幕を避ける大政奉還という抜け道が、土佐藩主容堂の懐に納まった。大政奉還、すなわち政《まつりごと》を帝に返上するというウラ技だ。

五

薩土密約からひと月後の六月二十二日。

薩摩と土佐の幹部が集まった。声をかけたのは後藤と龍馬。薩摩がたは小松帯刀、大久保利通、西郷隆盛が顔をそろえた。後藤がきりだす。

「先月の合意は不本意なり、と容堂公が仰せられる。武力討幕では国土を二分する戦になり、無駄な血を流すだけじゃ」

「何をいまさら」西郷がむっとした。

緊張した空気を和らげるように、龍馬が言った。

「ここで内乱にいたってみなされ。欧米列強の思う壺でござる。列強のハラは、わが国を清国同様、骨抜きにしてしまうことじゃ」

「それは違うぞ、龍馬どん。帝の許に結集して、強い日本を見せつけることこそ、列強に対する防御にござる」

西郷も引かない。話し合いは堂々巡りだ。

龍馬の案を持ちかえって検討するということにはなった。だが薩摩がわには検討の気などさらさらない。後藤と龍馬のカオを立てただけだ。

土佐藩の一行が引き揚げてから、西郷が一喝した。

「あっちに転んだり、こっちに転んだり。容堂公の気まぐれには、もう付きあえんわ」

後藤一行は、京都所司代にちかい烏丸通りや堀川通りを避け、河原町通りを南下した。行く手がなにやら騒々しい。耳を澄ますと、

「ええじゃないか、ええじゃないか」

と掛け声がきこえる。鳴物入りだ。

「こりゃいったいなにごとぞ」

一行の足取りもはやくなる。

大通りを男女の一群が練りあるいてくる。屋根の上からは伊勢神宮のお札が舞い降りる。男は上半身裸に、女も袖をたくしあげ、狂ったように踊っている。掛け声のあとに台詞が続く。

日本のよなおりは　ええじゃないか
豊年おどりは　おめでたい
日本国へは神が降る　唐人やしきにゃ石がふる
ええじゃないか　ええじゃないか　ええじゃないか

「こりゃ世直しの囃子ことばじゃろ。町衆も御一新を望んでおる」

後藤が肯く。とたんに台詞が卑猥なものに変わった。

腹を抱えて、おおげさに龍馬が笑った。

「坂本、はしたないぞ」

後藤は眉間にたてじわをつくった。

「なんの。虐《しいた》げられた町衆や百姓の爆発じゃ。ホレ、ええじゃないか　ええじゃないか」

龍馬は両腕をすくいあげ、踊り手たちを煽るのだった。

この日、薩摩藩と土佐藩のあいだで結ばれた合意は、ひと月まえの「薩土密約」にたいして「薩土盟約」とよばれる。武力討幕でいったんはまとまった薩土密約だったが、山内容堂の翻意で、土佐藩側はあろうことか大政奉還へ引き摺りこもうとする。

しかし藩論がすでに武力討幕で固まっていた薩摩藩が、討幕の基本を覆すはずもない。けっきょく、二度目の薩土盟約はうやむやになってしまった。

＊

七月六日の夜、イギリス軍艦イカルス号の酔った水兵が、丸山遊郭のちかくで斬殺されるという事件がおこった。直後に海援隊の夕顔丸が長崎港を出たことから、海援隊員の仕業だという噂がながれた。

イギリス公使のパークス自身が長崎に乗り込み、やっきになって犯人探しの指揮をとった。パークスには、サカモトという名前におぼろげな記憶があった。だが御一新も大詰めをむかえたこのころ、龍馬は全国を東奔西走《とうほんせいそう》している。

大政奉還は、表向きには容堂が幕府老中を介して徳川慶喜に建議したものだが、極秘のうちに進められた。根回しに跳びまわったのが龍馬だった。「船中八策」も、同文のものをいくつも手書きして、行くさきざきで配った。だから目立った。幕府からも攘夷派からも目の敵《かたき》にされた。

多くの知人が、身を隠すよう龍馬に忠告するのだが、本人はいたって呑気で他人事《ひとごと》のように聞き流すのだった。

第四章　不可解な暗殺

一

真っ昼間だというのに、すべての窓はぶ厚いカーテンで閉ざされていた。

部屋にはパイプたばこの煙が充満している。カーテンの合わせめから洩れる光が煙の幕をつくり、部屋を二つに仕切っているように見えた。

会議はもう二時間あまりに及んでいる。

「して、そのタイセイホウカンとやらは、どういうことだね」

大きな肘掛け椅子に踏ん反《ぞ》り返った男が言った。小柄なものだから、椅子のなかに埋まっている。

「本来、ミカドが執るべき政治を、軍隊の頭であるショーグンがおこなってきました。その執政権をミカドに返上するということです、閣下」

若い男が答えた。

「それはミカド派とショーグン派の戦を避けるためか」

「仰せのとおりかと……」

「そこなんですよ、閣下」

閣下の隣に座った小太りの男が、怒りをむき出しにした。

「われわれは軍艦や武器、弾薬を両方に注ぎこんできました。莫大な金額ですよ。しかもその回収がほとんどできていない。タイセイホウカンなんてもってのほかです。ドンパチやってもらわないといかんのですよ」

「新しい政権が生まれるためには、旧政権を根絶やしにせねばならない、ということだな」

「仰せのとおりです」

若い男が相づちをうった。

「だれだね、そんなだいそれた策略をたくらんでいるのは？」

新しい刻みたばこをパイプに詰めながら、閣下が訊いた。

「サカモトという男です」若い男が答えた。「全国をネズミのように這いずり回っています」

「どこかで聞いた記憶がある。グラバーが上海につれてこなかったか？」

「日本人にしては大柄な男です。いま調査中のイカルス号事件に関与しているかもしれません」

「カイエンタイのサカモトと同一人物なのか?」

閣下が身を乗りだして、若い男に訊いた。

「さようかと存じます」

「グラバーと上海に行った経験があるというと、二人は仲がよいということですな。グラバーも武器、弾薬は売ってくれるが、回収がほとんど進んでいない。サカモトはやはり始末すべきかと……」

小太りの男が閣下に水を向けた。

「ところでグラバーの姿が見えないが」

閣下があたりを見回した。

「グラバーはいま、アバディーンに帰っております」

四番目の痩せて貧相な男が答えた。

若い男が頬をゆがめた。

「グラバーがいないというのは、チャンスではあるな」

閣下はパイプをくわえ、ゆっくりと煙を吸った。

「だれに殺《や》らせましょうか」

小太りの男が訊いた。

「われわれに繋がるような男はつかうな。バックのない一匹狼の殺し屋がいい。われわれの息のかかった有力者何人かをあいだに噛ませて、依頼人がだれか分からないようにせよ」

閣下はたばこの燃えかすをはたいて話を継いだ。

「それからもっとも大事なことは、身代わりの犯人を仕立てることだ。その男に自白をさせ、短期間、蟄居させる。あとは生涯、生活を手厚くみてやる」

若い男を、閣下は振り返った。

「なぜだか分かるか」

「…………」

「その男を下手人として、それいじょうの捜査を打ち切らせるためだ」

「こちらの人選のほうが難しそうですね」

「なに、ふかく考える必要はない。殺人犯として、世間がもっとも納得する人間を選べ」

「たとえばシンセングミとか、ミマワリグミとか……」

閣下はこっくりと頷いた。

「さて、そろそろ戻らねば」

閣下は立ちあがり、入口のドアを押しあけた。初秋のやわらかい日射しがいっきになだれこんできた。暖炉の上にピンクのドレスを着たスコットランド人形が立っていた。若い男が指先で人形の頬を突き、ニタッと笑った。男は閣下の通訳官であり、情報収集役であった。

＊

イギリスに一時帰国したトーマスは、どこに行ってもあの有名なトーマス・グラバーだともてはやされた。お祭り騒ぎがひととおり収まると、ようやくトーマスは自分の世界にもどった。

家は生まれ故郷のフレーザーバラから、州都アバディーンに移っていたが、彼が少年のころ使っていた釣竿が保管されていた。岸壁から釣り糸を垂れると、氷のように冷たい風が喉元を吹きぬける。少年時代の日々が、数年まえのように思える。あのころの冒険好きな少年が、こんにちの栄光をどうして知り得たろうか。

ふとマッケンジーの言葉が思い出された。

「ところで、おツルさんは同居していないの？」

漢口から戻ってきたとき、トーマスに訊いた。身近にいると感じなかったが、日本でのトーマスの成功は、ツルに負うところが大きかった。物事の考えかたや感じかたの違いは、ツルがいなければとても理解できなかった。

花外楼の仲居とはいえ、しょせんは芸者みたいなもの。だがもとはといえば武士の妻。さらに、付き合ってきた男たちが違う。小松、西郷、大久保、五代たちだ。つまり新政府の要人ばかりである。カオの広さがけた外れだ。これがトーマスの商いにどれだけ貢献したかしれない。

ツルの存在が大きく膨れあがる。

彼女の、ぬけるように白い乳房の温もりが掌《たなごころ》によみがえった。その夜、家に戻ると、ツルのことを両親に話した。元芸者である経歴も隠さず打ちあけた。父と母は、ちょっと困ったような顔をしたが、何も言わなかった。あとから母が一人でやってきて、トーマスの肩に手を置いた。

「あんたが選んだ人なんだから……。たいせつにするんだよ」

そう言って母は出ていった。

涙が止まらなかった。

「オレも日本人になっちまったなぁ」

感慨ぶかげにトーマスはつぶやいた。

*

一八六七年十一月二日、イギリス南部のサウザンプトンから、トーマスの乗った蒸気船は出港した。順調な航海だった。途中、上海で下船した。ジャーディン・マセソンに立ち寄るためだ。いまやトーマスはジャーディンの社員ではない。武器、弾薬の仕入れ先の一社だ。

グラバー商会がサツマに納入する武器、弾薬の代金支払いが滞っている。請求書がひんぱんに送られてくるが、そのたびにトーマスは期日延長を願い出ていた。

ジャーディン上海の責任者は小太りの男だった。

トーマスの顔を見るなり声を荒げた。

「日本のショーグンがタイセイホウカンしたのを知っているのか！」

いきなりカウンターパンチをくらったような衝撃だった。

「ということは、内乱は……」

「起きなかったってことよ」

太った男は忌々しそうに言った。

「なんということ……」

呆然となった。十万ドルちかい借金のヤマが、瞼のうちにちらつく。両足を踏ん張り、かろうじてトーマスが訊いた。

「いつのことですか」

「十一月九日（旧暦十月十四日）だ」

トーマスの乗った船が地中海を航行していたころだ。

「明日の便で長崎に戻らせてください。状況を調べて至急連絡します」

おぼつかない足取りでジャーディン・マセソンの石段を降りかかると、トーマスを呼ぶ声があった。痩せこけ、目だけがギラギラしたジャックだった。

「おい、若ぇの。そろそろ戻ってくるんじゃねぇかと、この二、三日、待っていたんだ」

人なつっこい笑顔をして言った。

「情報がある。いつものところで奢ってくれるか」

トーマスのほうは、それどころではなかった。いっこくも早く長崎に帰らねばならない。さりとて当面行くところもない。二人は肩を並べて例のショットバーに向かった。

「このあいだオメエの連れてきた日本人のサムライな、たしかサカモトといわなかったか?」

ショットグラスを傾けながら、ジャックはトーマスの目を覗きこんだ。

「サカモト　リョウマですか?」

「おお、そのリョウマじゃ。二十日ほどまえ刺客に殺されたぞ」

「リョウマが殺された。ホントですか?」

トーマスは二発目のパンチをくらったようだった。

「どこで、だれに？」

「オレも詳しい事情は分からんのよ。ジャーディンと幇の幹部のやりとりを通訳するだけでな。ただマッケンジーから情報が漏れねぇかって、心配していたな」

トーマスは財布からお札を抜きだし、カウンターの上においた。

「ジャック、すまないが大事な用を思い出した。好きなだけ飲んでいってくれないか。恩に着るよ」

トーマスは急ぎ足でジャーディン・マセソンに戻った。支店長室に直行する。太った男はデスクについて書き物をしていた。

「サカモト　リョウマが殺されたって、ホントですか？」

男はひるんだ。

「知らん」

「まさか、ジャーディンが噛んでないでしょうね」

トーマスの頬もひきつっている。

「くだらない戯言《たわごと》をほざいてないで、未払い金の金策でもしたらどうだ」

太った男は怒鳴った。

二

長崎港に着いたトーマスは、まずグラバー商会に駆け込んだ。マッケンジーはソファーに掛け、まんぜんと天井を見ている。放心状態だ。トーマスをみとめると大声で叫んだ。

「おお、トーマス。……遅すぎた」

「サカモト　リョウマは、やはり殺されたんですか？」

マッケンジーは肯いた。

「今日もイワサキさんに会ってきた。情報はこくこくと入ってくる」

「殺られたのはいつです」

「十一月の十五日らしい。京都錦小路にある薩摩藩邸は知っているね。その近くの近江屋という醤油屋の屋根裏部屋で殺された。陸援隊長の中岡慎太郎もいっしょだったそうだ」

「実行犯はだれです」

「それが諸説紛々《しょせつふんぷん》でな。京都見廻り組だとか新撰組だとか。土佐藩という噂も聞いたぞ」

「ミマワリグミ？」

トーマスは首をひねった。

詳しい話は岩崎弥太郎に尋ねたほうがよさそうだ。土佐商会に足をはこぶ。岩崎は算盤《そろばん》をはじいていた。トーマスに気付くと立ち上がって両手を挙げた。

「ガラバどの、心配していたぞ」

トーマスの手をしっかり握りしめたが、目が狼狽えた。

「日本はいま、えらい事態になってきた……」

「だいたいの経緯はマッケンジーに聞きました。でもサカモトさんがなぜ殺されたのか」

「情報が入り乱れちょってな。オラにもよう分からんのじゃ」

＊

じつは岩崎は大政奉還の報を知り、京都を訪れていた。これから日本は大きく変わる。なんとしても現場を見ておきたい。商人の勘がはたらいた。

十月十八日、岩崎は兵庫行きの藩船・夕顔丸に乗りこむ。船中では福沢諭吉の『西洋事情』を読みふけった。二十二日に兵庫に着き、淀川をさかのぼって京都に到着したのは二十五日の午後。

大政奉還の影武者、後藤象二郎に会って、ぜひ訴えたいことが岩崎にはあった。これからは外国貿易が重きをなす。日本の中心、大坂、神戸を貿易の拠点にすべきだ。

後藤は岩崎を大歓迎した。なつかしい土佐の僚友を四、五人呼び集めていた。

「かたい話は明日でよいではないか」

と料亭「松刀楼《しょうとうろう》」に席を移した。あとはお定まりのドンチャン騒ぎだ。

肩透かしを食らった岩崎は、翌日も祇園に招かれ、何がなんだか分からぬうちに大坂に戻された。どうも腑に落ちなかった。大歓迎で出ばなをくじかれ、ていよく大坂に送り返された気がしないでもない。

大坂に土佐堀という地名は残っているが、土佐藩邸は土佐堀にはない。

大坂中心部を東西に貫く長堀通《ながほりどお》りの西側に、土佐神社が残っている。そこから鰹座《かつおざ》橋《ばし》の交差点あたりまでが土佐藩の所領だった。鰹座という地名は、土佐のカツオ屋が軒を並べていた名残だ。

岩崎は三週間、土佐藩邸に滞在した。そして土佐藩士から、坂本龍馬が十一月十五日、何者かに殺されたと知らされた。たしかに龍馬は、だれに殺されてもおかしくない状況にあった。龍馬の「船中八策」の功績を独り占めしようと、後藤が手を回したとしても不自然ではなかった。

薩摩藩の蔵屋敷は土佐堀にあった。薩摩藩邸では、顔見知りの薩摩藩士に会った。とうぜん龍馬の話題になる。この薩摩藩士から不思議な話を聞いた。

「浪人でもヤクザ者でもよい。腕の立つ殺し屋を探せと上の者から言われた」

キツネにつままれたような気持ちで、十一月二十七日、長崎に帰った。翌日、大目付の佐々木高行に召喚された。なにか不始末でもやらかしたかなと、首をすくめながら出仕すると、新留守居組への昇任を申し付かった。「開成館商法御用」として、五人扶持二十石を加増するとの仰せだ。ドンチャン騒ぎで煙にまかれ、帰った早々に昇任、加増とは……。

なにか悪い夢でも見ているのだろうか。それとも龍馬暗殺に関わるなんらかの口止め料だろうか？

＊

「ミマワリグミやシンセングミが犯人ではないかということですが、ミマワリグミもシンセングミもバクフ直属の親衛隊でしょう。タイセイホウカンによってミカドとショーグンが手を結べば、ショーグンはむしろ安心するのではないのですか？」

トーマスが切りこんだ。

岩崎はわれに返った。

「そこなんじゃ。なにかウラがあるように、オラも思えてならんのじゃ」

「ウラ？」

トーマスはふと、ジャックの言っていた言葉を思い出した。

（マッケンジーが口を割らねぇかって、心配していたな）

たしかにジャックはそう言った。

「イワサキさん、御免。ちょっと気掛かりな件がある。また来ます」

トーマスは大急ぎでグラバー商会に戻った。マッケンジーはテーブルに俯せになり、コブシでどんどんとテーブルを叩いていた。その様子をしばらくトーマスは見詰めた。

「マッケンジーさん。あんた、オレに隠していることがあるね」

声を抑えて訊いた。

「サカモトさんを殺した真犯人はだれなんだ？」

「トーマス、堪忍してくれ。言えばオレが殺される。……おまえが日本にいてくれれば、こんな大事にはならなかった」

「…………」

カラーン、カラーンと鐘の音が遠くで鳴った。フランス寺（大浦天主堂）の鐘だった。フランス寺は木造の教会だった。かつて丸山遊郭でトーマスを救ってくれた小山秀之進が施工したものだ。トーマスは、これいじょうの深追いは控えようと思った。

三

「大政奉還」がなされたからといって、将軍家や幕藩体制がすぐに潰れたわけではなかった。奇しくも大政奉還の同日、「倒幕の密勅」も下されている。これは幕府を討てという帝の詔書だが、公家・岩倉具視による捏造《ねつぞう》ともいわれ、逆に、「倒幕の密勅」の噂を聞いた容堂が老中をおどし、「大政奉還」を急《せ》かしたとみることもできる。

大政を奉還したとはいっても、まだ将軍・慶喜もヤル気まんまん。帝のもとで執政の一翼を担うつもりだった。十五代将軍就任には乗り気のしなかった慶喜公だったが、全国に散在する土地建物など、莫大な財産を没収されるとなると未練が出てきたのだ。

会津藩や桑名藩のように、将軍を後押しする佐幕派の存在もあった。新体制への移行といっても、具体案は遅々として進まない。まさに虚々実々のイタチごっこだった。

業を煮やした岩倉具視や薩長の急進派が、慶応三年十二月九日、強引に布告したのが「王政復古の大号令」だったのだ。これは大政奉還をみとめ、幕府を解体し、京都守護職、京都所司代を解散して、こんごは天皇みずから親政をおこなうという御一新の宣言であった。

内乱は、起きるには起きた。

十二月十二日深夜、慶喜公は手勢の者に守られて、京都の居城、二条城をぬけだした。時間かせぎの夜逃げだ。大坂城に蟄居して様子を見ようというハラである。急進派からは領地返上を迫られる。だが、あわよくば形勢逆転の機会もありと、間諜をつかって情報集めに余念がない。

援軍は思わぬところから出た。

「大政奉還」「討幕の密勅」と情報が乱れ飛ぶなかで、十二月二十五日、庄内藩兵が江戸薩摩藩邸に火をかけるという暴挙に出た。これに呼応し、佐幕派から討薩の声があがる。

慶応四年（一八六八）元旦、幕府軍は「討薩表」を掲げ、「慶喜公上京の御先供」という名目で翌日から動き出した。幕府軍は鳥羽街道を封鎖。会津藩兵、桑名藩兵は伏見をかためた。総勢一万五千名。

幕府軍の出動は、薩長軍には渡りに船だ。幕府を朝敵とする恰好の口実となった。兵力は五千にすぎなかったが、最新兵器をそなえ士気もたかい。

戊辰戦争《ぼしんせんそう》の緒戦となった鳥羽・伏見の戦いは、わずか四日で薩長の勝利となった。ただ庄内藩兵による江戸薩摩藩邸焼き討ちは、西郷隆盛による挑発に乗ったものという説もある。

六日、慶喜は取りまきの者を引き連れて、はやばやと大坂城を脱出。幕府艦船「開陽丸」に乗り、大坂湾から紀伊半島を迂回して、十二日には江戸城に戻った。さらにひと月たった二月十二日、慶喜は難を逃れて上野《うえの》寛永寺《かんえいじ》にこもる。幕閣はおろか天璋《てんしょう》院《いん》篤姫《あつひめ》や和宮《かずのみや》など大奥まで動員して、朝廷や薩長に恭順の意をしめす。

天璋院からの手紙を受け取った西郷は、男泣きにないた。天璋院は、藩主だった島津斉彬の養女だ。

しかし討幕強硬派の決意はかたく、二月十五日には東征軍が京都を出発。そして三月十五日を江戸城攻撃の日と決めた。官軍の東征が始まると、薩長と対等に渡り合える人材のなかった幕府は、旧幕臣の勝安芳《やすよし》（海舟）を呼びもどす。

こうして江戸薩摩藩邸で、大総督府参謀・西郷隆盛と幕府陸軍総裁・勝安芳が江戸城開城をめぐって会見。江戸城攻撃予定である三月十五日の二日前だった。勝と西郷は初対面ではない。元治元年九月十一日、神戸港開港延期の件で大坂で会っている。そのときの勝の印象を、西郷は大久保利通あてに書き送っている。

『勝氏へ初めて面会し候ところ実に驚き入り候人物にて、どれだけ知略これあるやら知れぬ塩梅に見受け申し候』

『英雄肌で、佐久間象山よりもより一層、有能であり、ひどく惚れ申し候』

こんな間柄だったから気心は知れている。

会見はハナから出来レースだった。勝は、人当たりのよい山岡鉄舟を西郷のもとにやり、根回しをおこたらなかった。問題はただ一点。慶喜の処遇をどうするか。東征軍の薩長とて、けっして一枚岩ではない。朝敵・慶喜討つべしという急進派もいれば、慶喜も新政権に加えるべきとする者もいる。

ここに意外な伏兵があらわれた。英国公使パークスだ。

「慶喜が恭順の意を表して謹慎しているいじょう、慶喜を死におとしいれる道理はないから助命されたい。江戸城を受け取りさえすれば、ミカドの目的は貫徹するはずである。これは、万国公法の道理にもかなったことである」

クセ者パークスの、これはハッタリである。一国の民をアヘン漬けにしてしまうような男が「万国公法の道理」など持ちだすのも片腹いたい。

お伺いを立てた西郷に、パークスは命じた。将軍家に知行をあたえ、地方に封じるべきだと。純情西郷はふるえあがった。なんといっても官軍の大スポンサーだ。大英帝国の後ろ楯があればこそ、軍艦や武器、弾薬を供給してもらえる。しかも支払いは滞りがちだ。

かたやパークスは、思惑がおおはばに外れて、血気は逸《はや》るいっぽう。

「こんなはずではなかった」

と口癖のようにぼやいてばかりいる。

「国を二分する内乱というから、われわれは大きな投資をしてきた。どちらかが全滅するのが革命というものだ。ところがふたを開けてみたらどうだ。戦が始まったばかりだというのに、タイセイホウカンなんて叫ぶバカ者が出てくる。革命は最後までやってこそ革命なんだよ」

皮肉なことに、イギリスは幕府がたにも武器、弾薬を売ってきた。江戸城の無血開城なんて言いながらも、将軍を処刑するかいなかで、また揉めている。

「冗談じゃない。新政府からはいずれ売り上げ金の回収はできようが、ショーグンを殺したら幕府への売り掛け金はどうなるのだ」

かくして、翌三月十四日、パークスの希望どおり江戸城開城は決まった。

*

戊辰戦争の勃発によってトーマスの日々は、身体が二つ欲しいほどにめまぐるしくなった。本国への武器、弾薬の発注、催促、入荷、こくこくと移りかわる兵站《へいたん》への供給など、少人数でこなせる仕事ではない。この年、グラバー商会の売り上げ高は過去最高を記録したが、それは帳簿上だけの幻だった。

六月には、身重となっていたツルを、妻として長崎イギリス領事館に届け出た。ツルを正妻にしなかったのは、厖大な債務をおっかぶせないための思いやりだった。ツル実父母の談川安兵衛、サト、弟の常次郎、妹ツキを大坂から西小島のツルの家に移転させた。常次郎をグラバー商会に雇い入れたのは、日本の地理に暗いトーマスにかわって、兵站への武器、弾薬の移送を担当させるためだった。

九月九日、ツルが長女ハナを出産する。ツルにとっては、先夫、岡藩藩士、山村国太郎とのあいだにできた長女センにつぐ次女となる。

九月二十二日、会津藩が降伏。未成年男女、町衆をも巻きこんだ痛ましい戦だった。戊辰戦争はわずか一年半で終わった。明治二年五月の箱館五稜郭《ごりょうかく》陥落が最後だった。日本全土を焦土にすると思われたものの、官軍の進路を阻《はば》む局地戦ばかりで、幕府方諸藩のほとんどが「錦の御旗」のまえにひれ伏した。というより、戦の始まるまえから、将軍方は戦意を喪失していた。

箱館五稜郭の敗残兵のなかに、元見廻り組の今井信郎《いまいのぶお》という男がいた。取り調べ中に、この男がとんでもないことを自供し始めた。

坂本龍馬を殺したのは、自分をはじめ見廻り組だというのだ。この知らせは討幕派の一部の人びとのあいだをかけめぐった。

*

トーマスはかねてより目をつけていた高島炭坑の掘削に乗り出した。佐賀藩との共同開発だ。高島は、長崎から南にのびる長崎半島の西海上にうかぶ小島だ。

徳川十五代の治世が終焉し、慶応四年九月八日、明治に改元した。世は文明開化、殖産興業にむかって突きすすんでいく。時代の変わり目を読むトーマスの勘は鋭かった。

(これからは武器や弾薬はいらない。イワサキさんの言っていたとおり、工業生産と輸送・物流の時代だ)

岩崎のいう輸送・物流とは、とりもなおさず海運のことだ。外国からぞくぞくと蒸気船が入ってくるだろう。蒸気船をはしらすのは石炭だ。元禄のころから石炭採掘は始まっていたが、トーマスはイギリス人技師を呼び、翌年には量産化に成功した。

海運が盛んになれば、船の修理も欠かせない。慶応二年には長崎の南、小菅に〝そろばんドック〟ができあがっていた。引き込み線路にコマをならべ、蒸気タービンでワイヤーを巻きあげる。グラバー商会と薩摩藩の五代才助によって始められたが、明治二年には政府が十二万ドルで買いあげた。

四

明治二年一月、岩崎は「大坂商会」に異動を命じられた。西長堀の「土佐村」にある大坂土佐藩邸の商事部門だ。というより幕藩体制が崩れたいまとなっては、土佐藩邸そのものといっていい。その責任者だから大抜擢である。

実情は、責任者をやっていた後藤象二郎が江戸行きを望んだために、ツーカーの岩崎に後任を託したのだ。浪費家・後藤にとってみれば、土佐藩邸の赤字を隠蔽《いんぺい》し尻拭いしてくれるのは岩崎以外にはいない。赤字を抱え込んだとはいえ、岩崎には土佐二十四万石の利権がころがりこんできたわけだ。どこまでも強運な男である。

土佐藩の台所を掌中にした岩崎にとって、狙いはあくまでも海運だ。石炭採掘と船の修理現場はぜひ確かめておきたい。ひさしぶりにトーマスと再会し、高島炭坑から〝そろばんドック〟にかけて見てまわった。大浦の港から船に乗って、まず高島に向かった。

二人は甲板のベンチに腰掛け、やわらかい秋の陽射しを楽しんだ。

「龍馬が生きていたらのう。この新しい時代をどんなによろこんだじゃろう」

「明治の幕開けまで、わずか一年足らずでしたからね。犯人はやっぱり見廻り組の今井信郎という男ですか?」

「それじゃがな。妙な噂が耳に入ってくるんじゃ」

トーマスが身をのりだした。

「牢暮らしをしていると思いきや、駿府《すんぷ》のほうで密かに暮らしておるとな。しかも月々の扶持までもらってな」

「見廻り組の仕業にしては、もうひとつ動機がピンとこない」

「ワシは土佐藩も、なんらかのかたちで噛んでいるような気がしてならん」

「証拠でもあるんですか？」

「後藤さんを訪ねてワシが京都入りしたのが、龍馬暗殺の二十日前じゃったろう。そのときの様子がな、なんかこう邪魔者扱いにされているというか、ていよく大坂に追いかえされたという気がしてならんのじゃ。龍馬は殺される直前、近江屋の倉庫から母屋の屋根裏に移っているが、そんな背景を知っておるのは土佐藩士だけじゃ」

「黒幕は別にいて、実行犯が土佐藩士という場合もありうる？」

「これは、ここだけの話にしてほしいんじゃが、駿府で今井を匿《かくま》っているのが勝海舟先生じゃというんじゃ」

「ええーっ、まさかっ」

トーマスは顔色を変えた。

「サカモトさんは勝先生の門人でしょう。門人を殺した犯人を庇護者が庇うなんて、そんな……」

「いまの世のなか何があってもおかしゅうない。なにかこう得体の知れん大けな力が、天下を変えようとしちょる。そんな気がしてならんのじゃ」

岩崎は眉間に縦じわを作り、手を拱《こまぬ》いた。

「おや、高島が見えてきました」

トーマスが大海原の一点を指差すが岩崎には見えない。どーれと目を凝らすと、波のはざまに蟻んこほどの影が見える。

「石炭を掘るちゅうから大山を想像したが、こりゃ、いまにも沈みそうな岩山じゃないね」

「心配しないでください。氷山の一角になっていて、波の下に大山が隠れているんですよ」

岩崎をからかうように、トーマスは笑った。

「あの島で石炭が見つかったのは百七十年も昔ですが、かなりの埋蔵量が推測されてます。佐賀藩とグラバー商会が共同で掘ってますが、まもなく成果が現れるでしょう」

小さな泊りに船を着け、二人はトーマスの屋敷で一服した。

「山の上から掘り下げるので、竪坑《たてこう》にならざるを得ないんです」

現場への道すがら、上半身裸の鉱夫が寝そべっているのを、トーマスが目敏く見つけた。

「こらーっ、怠《なま》けるんじゃない」

顔を真っ赤にして怒鳴った。トーマスを岩崎が制した。

「鉱夫を叱るもんじゃない。土をかぶるのは彼らなんだから」

坑口《こうぐち》に着いた。岩崎はなかを覗き込んだ。土砂を搬出するために荒縄を使っている。

「重量に耐えかねて切れる惧《おそ》れがある。これでは安定的な石炭の供給ができんじゃろ。掘削機のほうはどうですか?」

「イギリスから、モーリスという技師がまもなく到着するでしょう」

つぎに二人は小菅の〝そろばんドック〟に回った。小菅はグラバー邸から一キロあまり南にくだった、深い入り江の奥にある。薩摩藩、五代友厚(才助)、グラバー商会が共同事業として始めた。スコットランドから施工設備一式を買い入れた。海中から陸上に線路を敷き、蒸気機関で船を巻き上げる。

「いかがですか、イワサキさん」

トーマスは胸を張った。

うーむと唸ったまま岩崎は黙りこんでいる。

「グラバーさん。ワシは海運業に命を賭ける。石炭があって船の補修ができれば、向かうところ敵なしじゃ。協力を頼むぞ」
岩崎の目に闘志が漲《みなぎ》るのを、トーマスは見逃さなかった。

第五章　最後の戦い

一

岩崎弥太郎が責任者となった大坂商会は、明治三年、土佐開成社と名を改め、翌四年には九十九《つくも》商会となった。事実上、財政破綻していた土佐藩の負債を逃れるためだ。トーマスは薩長に売った武器、弾薬の代金回収に奔走していた。土佐藩がそうであったように、戊辰戦争に勝った官軍の幹部は、武器、弾薬の代金なんぞには目もくれない。明治新政府での猟官《りょうかん》工作に現《うつつ》を抜かしていた。

グラバー商会で忙しく請求書を書きまくっていたトーマスの許に、マッケンジーが跳びこんできた。

「大変だ、トーマス。グラバー邸にウィリアム・ケズウィックが現れ大騒ぎをしている」

ケズウィックはジャーディン・マセソンの極東地区支配人。すなわち実質的なオーナーだ。放っておくわけにはいかない。

トーマスはグラバー邸に急いだ。ケズウィックは顔を真っ赤にしてがなり立てて いる。トーマスが玄関に入ると、摑みかからんばかりの剣幕だ。

「いったい何を考えているんだ。武器、弾薬の代金をいつになったら決済するんだ！」

「いつも申し上げているように、全力をあげて回収しています」

「日本を二分するといっていた内乱は、とっくに終わっちまったじゃないか。お前から預かった約束手形の山は紙屑同然だ」

「回収できしだい、払っていくと言っているじゃありませんか。逃げも隠れもしませんよ」

「そんなことは言っちゃおらん。十万ドルの売り掛けをどうするんだ」

トーマスは愕然とした。そんなバカなと思った。

軍艦や武器、弾薬は納入時に半金、あとはある時払いが商習慣だった。そしてほとんどの藩が支払いに窮していた。豪商にカネを借りて払ったり、コメで払ったりする藩もあった。

それを承知でジャーディン・マセソンは、商品をどんどん押し込んできたのではなかったか。

契約上、グラバー商会は、ジャーディン・マセソン商会のリプリゼンタティブ（代理店）だったが、トーマスはブランチ（出先）としての意識しかもっていなかった。ケズウィックはオーナーだが、歳は四つ上。上海時代は机を並べて働いた仲だ。焦げ付きが出たら本社が尻ふきをする。それが当然とトーマスは考えていた。

ケズウィックのハラは分かっていた。軍艦や武器は、南北戦争で一度使ったものだ。それを安く買い叩いた。二度売りして暴利を貪ろうとしたが、歴史の流れを読みきれなかった点では一蓮托生。穴埋めとしてケズウィックは、高島炭坑の利権を要求してきた。黒いダイヤといわれた石炭が無尽蔵にねむっている高島炭坑を掌中にしたいのだ。

トーマスの仕入れ先は多岐にわたった。オランダ貿易会社のトンプリンクという気心の知れた男がいた。トーマスが債務者となる取引き先の一人だ。トンプリンクに相談すると、イギリス領事裁判所に破産を申請したらよいとアドバイスを受けた。債権者は十数社に及ぶので、ジャーディン・マセソン一社が、トーマスの資産を差し押さえることはできない。イギリス領事館は、焼き討ちや火事に遭って、その当時は横浜山下一七二番（現在の日本大通三番地）にあった。

グラバー商会は、八月二十二日破産した。第一回目の債権者会議は九月十六日、イギリス領事館でおこなわれた。破産管財人にはトンプリンクが任命された。ちなみに英一番館《えいいちばんかん》とよばれたジャーディン・マセソン商会横浜は、山下町一番地。目と鼻の先にあった。

人生の最絶頂期にあった男が、ある日突然、奈落の底に突き落とされた。鋭い視線を投げかける数十人の男たちの前に、いま、さらされている。債権者の一人、ケズウィックも、もちろんそのなかにいる。裁判ではなかったが、被告席に立たされたようなものだ。破産管財人であるトンプリンクに、債権者たちから債権額が提示される。トーマスにとっては天文学的な数字だった。

業績が悪かったわけではない。帳簿上では黒字だった。ケズウィックが横槍を入れてこなければ、経営は続けられたはずだ。

三日後の九月十九日には、グラバー商会の事務所で、第二回目の債権者会議が開かれた。トーマスの地元では、より多くの債権者があつまり、負債総額は一気に五十万ドルに膨れ上がった。

破産した人間は、会社経営はできない。高島炭坑の名義はオランダ貿易会社に移った。ところがトンプリンクには石炭掘削のノウハウがない。トンプリンクの判断で、トーマスは高島炭坑の雇われ責任者として留まることになった。

＊

トーマスが囲っていた芸者、加賀マキが男児を出産した。倉場富三郎《くらばとみさぶろう》である。落ちぶれた男にとっては大きなお荷物となった。トーマスには、長崎市内、西小島に別居中の妻ツルがいた。噂を聞いたツルがトーマスを訪ねてきた。

「あんた、加賀マキいうオナゴはんに、やや子産ませたんやてなぁ」

「すまない。言いそびれた」

「その子、引き取り手がない言うやないの。どないしはりまんの」

「……おツル、別れてもらえないか。ジャーディン・マセソンに裏切られて、ワタシはどえらい借金を抱え込んだ。お前に債務を被せるわけにはいかないんだ」

ツルとは、薩摩藩・五代の取り持ちで夫婦になっていた。しかし、長崎のイギリス領事館に届け出たものの、入籍はしなかった。ツルが日本国籍の喪失を嫌ったからだ。債務はツルにおよぶ惧れはない。ツルの気持ちを、トーマスが確かめただけだ。

「サイムやらカイムやら知らんけど、あんたとウチは夫婦やで。夫婦が、辛いとき援《たす》けあわんでどないすんねん。やや子はウチが、自分の子として預かるさかいに、あんたにも聞いてほしいことがあんねん」

「いまさら聞いてほしいことって、なんだね」

「ウチには、前の夫とのあいだにセン言う女の子がおりまんのや。豊後《ぶんご》の親戚に預けとるんやけど、その娘を引き取ってもらえんやろか」

「なに、そんなことか。すぐにでも呼べばいい」

二つ返事でトーマスは頷いた。

「ただ、これまでのような恵まれた生活はできないよ。ワタシも金輪際、イギリスに戻る気持ちはなくなった。ワタシは祖国に嵌《は》められた」

トーマスの頭を、アバディーンの母の笑顔がよぎった。

『あんたが選んだ人なんだから……。たいせつにするんだよ』

こんどはツルのお世話になる番か、とトーマスは思った。ツルの両手をしっかり握りしめた。

「これからは一日本人として生きていく」

トーマス・グラバー、三十二歳の暮れだった。

二

明治新政府の施策は、矢継ぎ早に進められた。

明治四年四月四日、大坂造幣局が開局。同年七月十四日、廃藩置県《はいはんちけん》。なかでも廃藩置県は、豪商たちの命運を分けた。徳川幕府諸藩の財政は豪商に握られていたが、藩が解体され、県が新設されたのだから、藩の債務は帳消しになった。すなわち藩の借金はちゃらになった。

岩崎弥太郎はつくづく運の強い男だった。土佐大坂商会の責任者であったため、大坂西長堀の土佐藩所有地が岩崎の個人資産となった。二年後の明治六年には、九十九商会を三菱商会《みつびししょうかい》と改めた。これが三菱発祥となる。岩崎の手掛ける造船・海運業は、新政府の殖産興業政策の追い風を受け、日に日に大きくなった。

翌明治七年には、岩崎は東京の湯島梅園町《ゆしまうめぞの》に移り住んだ。湯島天神の南側になる。あたりは花街だった。いかに色好みだったとはいえ、岩崎弥太郎ともあろう男が、なぜに花街なんぞに潜り込んだか。大坂土佐藩の債権者の目を欺《あざむ》くためではなかったか。

一方トーマスだが、明治五年九月には、負債総額の七割がたが破産によってなくなっている。生計をたてなおした安堵感も手伝ってか、ツルとの同居も始めた。破産以降、貿易業務をはなれて石炭の増産に専念したが、石炭もまた時流に乗って掘れば掘るだけ売れた。生産は順調なのだが、過労を訴える鉱夫たちとのトラブルは絶えなかった。注文に追われ、鉱夫を追いたてるトーマスは「赤鬼」と恐れられた。

炭坑の名義は、いぜんとしてオランダ貿易会社だったが、明治七年一月、政府が買い上げ、九月には所有権が後藤象二郎に移っている。ひっきりなしに、岩崎からは連絡がはいる。

ある日とつぜん、岩崎が訪れてきた。

「ジャーディンの一件はおおごとじゃったなぁ」

「イギリス本国での市民権はなくなりました」

「ジャーディンがあんたに、責任をおっ被せたんじゃと思うがな」

「いやいや、民間企業一社の意向ではないような気がする。もっと大きな権力の謀略みたいな……」

「蜥蜴《とかげ》のしっぽ切り、かいな」

「そうです。蜥蜴の正体がばれるのを防ぐために、ワタシがスケープゴートにされた」

「ところでグラバーさん。今後あんた、どうなさるおつもりね」

岩崎は本題を切りだした。

「ワタシはイギリスに切り捨てられた人間です」

「祖国に帰る考えはないということかな？」

「ワタシにとって、もはやイギリスは祖国ではない」

毅然としてトーマスは言いきった。

気のせいか、岩崎がにんまり笑ったように思った。

「どうですかグラバーさん、東京に出てきませんか」

西日本各地で、旧幕藩体制の侍であった不平士族による武装蜂起がつぎつぎに起こっている。神風連《じんぷうれん》の乱、秋月の乱、萩の乱などだ。やがて薩摩でも新政府との対立があらわになり、西郷隆盛を担ぎだして大規模な内乱が起きると噂された。

「ご存知のように、もと侍の不平不満があちこちでくすぶっておる。ここも、いつ戦乱に巻き込まれるか分からん。東京に来てワシの事業を手伝ってはくれまいか」

トーマスは腕を組んだ。ありがたい話だった。グラバー商会を失い、高島炭坑も労働争議が絶えない。人生最大のピンチだった。〝捨てる神あれば、拾う神あり〟だと思った。

「ワタシにできる仕事があるかどうか、一度、東京の三菱商会を訪ねてみましょう」

岩崎は満面の笑みを浮かべた。

「グラバーさんにとっては第二の人生ですな。さあ、ひさしぶりに丸山に繰り出そう」

トーマスには心地よい酒だった。イギリスに帰る気などさらさらなかったが、さりとて家族を抱え込み、どうやって食っていくかのあてもない。東京で暮らした経験はないが、新境地が開けるかもしれない。

「ところで龍馬についてじゃが、とんでもない噂を聞いたぞ」

岩崎が声を潜《ひそ》めた。

「勝海舟先生が実行犯を匿《かくま》っているという話ですか」

「どこまで本当か分からんのじゃが、四年前というから明治五年になるが、特赦《とくしゃ》が出ていたんじゃ」

「今井なんとかという、見廻り組の侍でしたね」

「その今井信郎に特赦を出したんが……ええか、驚くなや。西郷どんちゅうんじゃ」

「どんな繋がりがあるんですか」

「ワシの読みはこうじゃ。龍馬暗殺犯はカネで雇われた殺し屋だった。ところが殺し屋が捕縛され拷問を受けてみ、依頼人の名を白状せんとはかぎらんじゃろ」

岩崎の顔はだんだん紅潮してきた。

「そこで信頼のおける男に言い含め、自供させるんじゃ。折りを見て特赦すれば、依頼人は未来永劫《みらいえいごう》分からん」トーマスが肯くのを岩崎は確認した。「自供した今井信郎だがな、そこそこの人物で、英文の翻訳なんぞもやっちょる。暗殺なんぞに関わる人間じゃなかよ」

「勝先生と西郷さんの接点は」

「二人は江戸城の無血開城で、大芝居を演じた間柄ではないか」

「すると西郷さんと勝先生が、龍馬暗殺の首謀者に」

「そうではあるまい。二人がやったのは尻拭いだけじゃろ」

「黒幕は別にいる？　いったいだれです」

「龍馬を殺して得をしたもの、あるいは、龍馬を生かしておくと損をしたもの……」

「サカモトさんは大政奉還の道をつくった……」

「将軍が帝に政《まつりごと》を返上されると困る者」

「イワサキさん、まさかこのワタシを疑っておられるか」

「オンシを嵌めようとしたのは誰じゃ」

「ジャーディン・マセソン……」

「それからパークス一味」岩崎が付け加えた。

「彼らにとって、ワタシも邪魔者だったということですか？」

「あくまでもワシの推測にすぎんが」

丸山の料亭に泊まるという岩崎を残し、トーマスは家路についた。

（それにしても）トーマスの胸中は穏やかではない。（龍馬暗殺の実行犯といわれた今井信郎がダミーだったとは。武器、弾薬の代金が滞っている薩摩藩の西郷隆盛を脅して、実行犯を仕立てる。名の知られたものであってはならない。カネで動くヤクザ者か、腕の立つ浪人がふさわしい。闇の奥に隠れた黒幕はカネだけ出せばよい）

眼下に見下ろす大浦湾を蒸気船が行き交う。帆船はめっきり少なくなった。

（黒幕はパークスとジャーディン・マセソン。さらにいえばわが祖国、大英帝国。理由はイギリスの国益である武器、弾薬の押し売りを邪魔したため。そういえば、イギリスへの帰国寸前に受け取った『父、危篤』の謎の手紙。あれは何だったか。仲の良かった龍馬と自分を遠ざけるための策略ではなかったか。遠ざけておいて龍馬を殺した)

トーマスは背筋が寒くなった。

(いずれ自分も権力によって葬《ほうむ》られるかもしれない)

幸い岩崎が東京に呼んでくれている。東京には警視庁ができたばかりだ。長崎のような地方都市より治安はいいかもしれない。真剣にトーマスは、東京移住を考え始めた。

＊

とりあえずトーマスは岩崎を訪ね、東京・飯倉の狸穴《まみあな》町に仮寓《かぐう》を設けた。翌春、妻ツルと長女ハナ、さらに加賀マキに産ませた長男富三郎を、長崎・南山手の本宅に迎え入れた。

岩崎も事業が年ごとに拡張し、居を駿河台東紅梅町《ひがしこうばいちょう》に移した。東京湾を一望できた。

薩摩では西南戦争が勃発したが、通信機器で一歩抜きんでていた政府軍の、圧倒的な勝利となった。

トーマスは狸穴の仮寓と長崎を行き来する日々を送った。東京に滞在中は岩崎のもとに通いつめ、経営の相談に乗った。

「なあグラバーさん、西南戦争もワシの読みが当たった。士気も高く人望も厚かった西郷どんの薩摩軍が、あんなにもろくも敗れるとは、だれも思わんかったじゃろ」

下町を見下ろす岩崎邸の客室で、二人は籐椅子に身を委ねていた。

「たしかに近代戦は軍事力と通信施設ですな。あれだけ作戦が筒抜けになったんでは、敵の罠《わな》にとびこんでいくようなものです」

トーマスは感慨深げにつぶやいた。

「残念なことに、ワシらは西洋の技術に疎《うと》い。技術、すなわち財の元じゃ。さきに技術を手にしたものが財を成す。どうじゃ、一度ワシをイギリスに連れて行ってくれんか」

「いやいや、いくらイワサキさんの頼みとはいえ、お断りします」

「オンシ、国に帰る気はないとおっしゃるか」

「ワタシは、ふたたびイギリスの地を踏む気はありません」

「まだ、そんな意地を張っておる。明治ももう十年以上になるぞ」

「いや、これはワタシの心の問題です」

トーマスの横顔を、岩崎はあらためて覗いた。

「欧州の列強がヨーロッパ大陸で鍔迫《つばぜ》りあいを演じているあいだに、イギリスは脇目もふらず弱小国を攻め、領土としたのです。植民地は地球を取り巻き、イギリスは太陽の沈まぬ国と称されました」

「ひとつの植民地が日暮れるまえに、べつの植民地が朝を迎える、という意味ですな」

「インドで栽培したアヘンを清国に持ち込み、暴利をむさぼった。つぎの標的が日本だったのです。しかし日本内乱の目論見《もくろみ》は崩れた。膨大な赤字をワタシに押し付け、ワタシから高島炭坑をも奪おうとしたのです」

「うーむ」岩崎は腕を拱いた。

「ならばこそ、住まいを東京に移し、三菱の顧問として働いてもらえんじゃろか」

岩崎は椅子から立ち上がり、縁側に歩み寄った。

「グラバーさん。こっちに来て、見てごらんなさい」

トーマスも岩崎のわきに並んだ。高台から見下ろす下町のさきに、東京湾が横たわっている。数十隻の蒸気船や帆船が、光る海面にシルエットになって浮かんでいる。

「あの船のうち六割以上がウチの所有なんじゃ」

明治六年には、上海への定期航路を開こうとして、アメリカのパシフィック・メール蒸気船社をはじめとする外国会社の、すさまじい妨害にあった。ダンピングなどの競合に打ち勝って、明治九年には外国航路に自由に参入できるようになった。社名も郵便汽船三菱会社と改めた。

「世界の海は掌中に収めた。これを維持していくために、造船業と石炭採掘を強化する。商品の輸出入などいろんな事業が可能になってくるぞ」

向かうところ敵なし。事業が事業を生んでいく勢いだった。駿河台の東紅梅町に移った翌年、弥太郎は下谷《したや》区茅《かや》町に土地を買った。上野不忍池《しのばずのいけ》の西に連なる丘陵地帯だ。

不忍池をはさんだ対岸には上野の山が望める。越後高田藩の中屋敷だった。土佐の地下浪人《じげろうにん》の息子が、一代で手に入れた元十五万石大名の江戸屋敷だ。権力を象徴する広大な一等地である。

四年後の明治十五年、ここに純和風の豪邸を建て岩崎家の本邸とした。奇しくもこの年、天下を取った弥太郎の最後の戦が始まった。

郵便汽船三菱会社は、実質的な独占企業だったから、運賃は自由に決められた。利益は雪だるま式に膨れ上がっていく。これを快く思わない一派がいた。井上馨、渋沢栄一らは弱小の海運会社三社を抱き込んで、共同運輸会社を立ちあげた。共同運輸は運賃で勝負に出た。三菱の下値をくぐる作戦だ。三菱はそのまた下をくぐった。ダンピング競争で赤字になると、スピード競争に転じた。

共同運輸の船はイギリス製の高速船で、スピードの面では勝っていたが、三菱は燃料を増やし対抗した。明治十四年、三菱は政府が払い下げた高島炭坑を買いとっていた。思わぬところで追い風となった。自社で掘る石炭だから、いくらでも使える。

＊

いったん東京・狸穴に居を移したトーマスは、高島炭坑に戻って、現場の指揮を執っていた。郵便汽船三菱会社からは石炭を増産せよと矢の催促だ。異常な状況を不審に思い、上京した。弥太郎の姿を見て愕然とした。目はくぼみ頬骨が尖っている。がっちりしていた体躯は痩せこけ、目だけがらんらんと光っていた。

「イワサキさん、もうやめましょう。あなた、死にますよ」

「この戦は勝つまではやめるわけにはいかんのじゃ」

弥太郎は力なく笑った。

「オンシは豊かな家庭で育ったんじゃろうが、ワシは地下浪人、龍馬とて郷士の出じゃ。食うものも食えんと育った。命を賭けてもこの戦には勝たねばならぬ」

弥太郎は苦しそうに鳩尾《みぞおち》を押さえた。

「水呑み百姓だったワシが、いま、こうして元大名の屋敷に住んでおる。世間じゃ、いつ倒れるかと、興味津々《しんしん》で眺めておるんじゃろ」

トーマスの目をねめつけた。

「さきの御一新はな、グラバーさん。表向きは将軍が大政を天皇に奉還したことになっておるが、裏を返せば、虐げられた民衆の暴動でもあったんじゃ。薩長の志士を見てみなされ。みんな世の底辺で蠢《うごめ》く民よ。さればこそ、ワシは三菱の礎《いしずえ》をしっかり築いて死にたいんじゃ」

血の小便が出るような消耗戦が二年続いた。弥太郎は不治の病に侵されていた。胃癌だった。財界のトップに躍り出た男は斃《たお》れた。

明治十八年二月七日、岩崎弥太郎は永眠した。五十歳であった。

二代目を継いだ弟、弥之助《やのすけ》は、政府の仲介によって共同運輸会社との不毛の戦に手を打った。

同年十月、両社が合併し、あらたに日本郵船会社が発足した。

終章

兄、弥太郎と違って、弥之助は官吏タイプの男だった。

兄が心血を注いだ海運業からは一歩退き、高島炭坑、長崎造船所を事業の中心とした。さらに金融、不動産、貸倉庫などに手を伸ばし、経営の多角化を進めた。海運業に命を懸けた弥太郎の経営は、ひとつ間違えば企業をつぶす惧れがある。

多角化を熱心に説いたのはトーマスだった。弥之助に欧州で活発化していたビジネスのなんたるかを教え込んだ。石炭を掘ったり、船荷を運ぶだけがビジネスではない。カネの貸し借りで生まれる金利とて、けっして不浄な商いではない。金融や不動産だって企業化できる。

在日の欧米人が中心となって進めてきたビール製造会社《スプリングバレー・ブルワリー・カンパニー》が、明治十七年、経営破綻した。鹿鳴館に出入りしていたトーマスは、フリーの立場でスプリングバレーの運営に関わってきた。スプリングバレーの再建を、トーマスは熱心に弥之助に勧めた。

「いまビールを飲む日本人は、鹿鳴館に集まる人だけですが、けっして不評ではありません。新しいもの好きの日本人のあいだに、きっと定着するでしょう」

日本人にとって、アルコール飲料は酒や焼酎だけだった。しかも家内工業として製造されており、ビジネスとして成り立つものかどうかも分からない。欧米人の嗜《たしな》むビールがはたして日本に定着するものだろうか。

弥之助は懐疑的だった。ビールが産業になるとは思えなかった。船一艘の売り上げ分を得るために、ビールを何万本売らなければならないか。

「だがな、弥之助さん。ビジネスは利益率で考えなければならない。船一艘造るのに一年かかるとして、その期間にビールが十万本売れれば、ビジネスとしてどちらが得か、なんですよ」

「どれくらいのカネがかかるんですか？」

「いやいや、会社を買い取るわけではないんです。じつはワタシも弥太郎さんも、株主として出資しているんです。弥太郎さんはおおいに期待をかけておられた。ビールは成功まであと一歩のところまで漕ぎつけていたんです」

「経営破綻した会社だから、投資も二束三文で済むわけですな」

アメリカ留学の経験をもつ弥之助は、ビジネスなるモノの飲み込みも早かった。弥之助はビール会社が欲しかったのではない。経営の多角化が決まったいま、トーマスのもつ産業技術の知識と商才は欠かせなかった。

明治十八年七月、《ジャパン・ブルワリー・カンパニー》が設立された。

翌十九年、トーマスは芝公園五十三番地に本格的な家をかまえ、三菱の仕事を手伝うことになる。明治二十一年二月十五日付で、三菱社、岩崎弥之助社長から神田区長宛ての、外国人雇用御届が提出された。これに記載されたトーマスの住所は、芝公園地十七号四番となっている。芝増上寺を取り囲む公園のなかで、百坪ほどの総二階の家だった。

家族揃ってこの家に住んでいたトーマスは、名実ともに三菱の社員として働いた。《ジャパン・ブルワリー・カンパニー》は経営陣の内紛もあって、三菱の子会社的存在になっていた。

*

明治二十二年、念願のビールをつくることに成功した。

トーマスは、唐草模様の風呂敷に包んだ荷物を、重そうに抱えて社長室を訪ねた。中身はビールだった。執務中だった弥之助は、トーマスが手にした荷物に目をやった。

「弥之助さん、とうとう商品化に漕ぎつけました」

風呂敷から一本を取り出した。

弥之助はビール瓶を受け取り、愛おしむように掌《てのひら》で撫でた。

「《ジャパン・ブルワリー》への経営参画から四、五年は掛かったのかなあ」

弥之助にも思い入れがあった。飾り棚からビールグラスを二つ取り出し、トーマスを応接セットに手招きした。ビールの王冠に栓抜きを当て、勢いよく開けた。ポンと、心地よい響きが静寂を破る。濁りのない、いい色だった。

グラスを合わせ、二人はいっきに琥珀色の液体を飲み干した。トーマスは込み上げてくる思いに、ぐっと堪えた。弥太郎の面影が瞼に浮かぶ。

「いかがですか」トーマスは上体を乗り出した。

「ホップの苦みがよく効いていて、これなら日本人にも合いそうです」

「わざわざドイツから取り寄せたホップなんですよ」

「発売はいつです？」

「トレードマークを決め、販売網を築いてからになります」

「何です。そのトレードマークって？」

トーマスは、ポケットから折り畳んだ紙を取り出すと、テーブルの上に開いて折り目を伸ばした。

「商品を売るためには商標が必要です。トレードマークとは商標のことです」

「私には馬の絵にしか見えないが……」

「頭はどうです?」

「獅子か、あるいは……龍?」

「頭の蓬髪は」

「あなたのような、欧州人」

「弥之助さん、よく聞いてください。じつはこの絵は、中国の空想上の動物、麒麟《きりん》なのです。坂本龍馬と龍馬暗殺の首謀者を暗示しているのです」

「暗殺したのは今井信郎ではないのですか?」

「今井はそんな男ではありません。もともと学者肌の人で、自由民権運動にも加わっております。人殺しなどやる輩《やから》ではない」

「ではなぜ自供なんぞしたんですか」

「勝海舟や西郷隆盛に言い含められたからでしょう。今井は口の堅い男だった」

「では、勝先生や西郷隆盛が首謀者ですか」

「いやいや、勝さんや西郷さんを動かした連中がいたということですよ」

「坂本さんは殺されるほどの悪事を働いたのですか」

「本人は単純明快ないい男でした。だが不本意に虎の尾を踏んでしまった」

「坂本さんはもともと穏健派でしたな。ところが大政奉還論に動いた。坂本さんの趣旨替えの理由はなんだったのですか」

「じつは元治元年（一八六四）の秋、坂本さんの強い希望があって、ワタシが上海に密航させたことがあるんです。イギリスへの渡航が希望だったのですが、ワタシは借金漬けでまったく余裕がない。水夫の恰好をさせ、ワタシの船で出掛けました」

「まったく記録が残ってないですね」

「はっはっは、幕府にばれたら斬罪ですからな。彼は上海でアヘン窟に衝撃を受けたようです。幕府と官軍を戦わせ、両者が力尽きたところで、日本を植民地化するというイギリスの陰謀を見抜いたんです。だから大政奉還を急いだのです。それを許せない連中がいた」

「薩長ですか？」

「薩長ですら頭の上がらなかった連中」

「武器商人たちですね」

「ジャーディン・マセソン商会とその支配人ケズウィック。いまこそ断言できるがイギリス公使のパークスと通訳官のアーネスト・サトー。さらに言えばジャーディン・マセソンという大蜥蜴《とかげ》を、極東の地に投げ込んだヴィクトリア王朝の国策そのものといえるでしょう」

「ずいぶん大掛かりだったんですな」

「世界の四十ヵ所に植民地を築いたが、住民の反発や国際世論の非難にさらされた。思ったほど植民地政策は効果が出なかったんです」

「みずから占領に乗り出すのではなく、内乱を起こさせる」

「武器や弾薬を押し込んで、手を汚さずにカネを儲けるのです。まさに死の商人です」

「アメリカの南北戦争がそうでしたね」

「日本は二番手だった。ところが内乱を阻止した男が現れた。それが坂本さんだった。のみならず、イギリスは売り掛けの回収に手間取ったワタシに、全責任をなすりつけたのです」

「蜥蜴のしっぽ切りだったわけですな」

弥之助がイラスト画を手に取った。

「ところで、ビールのラベルがなぜ麒麟なんですか？」

「馬は龍馬の象徴であり、蓬髪と髭は西洋人を表します。麒麟はＫＩＬＬＩＮＧに繋がります」

「つまり坂本龍馬暗殺の首謀者は、イギリスの武器商人だと暗示しているのですね」

「そうです」きっぱりとトーマスは答えた。

「それは、ちょっと」弥之助はためらった。「お気持ちは分からんではないが、御一新はもう二十年も前の出来事ですぞ。たとえ事実だったにせよ、わが社はこれから欧米との協力関係を強めていかねばならん」

「いやいや弥之助さん。これはたんなる暗号です。これを読み解こうなんて人間はいやしません」

「三菱のガタイに瑕《きず》をつけるような危険はできない」

「大政奉還という、だいそれた事業を成し遂げた坂本龍馬も、百年も経てば忘れ去られているでしょう」

「…………」

「じつはね、ワタシのこのアイデアについて、亡くなる前の年に、弥太郎さんの承認はいただいていたんです」

えっ、と弥之助は絶句した。兄の賛同を得ていると言われれば、反対する理由がなかった。

＊

明治二十三年、三菱は丸の内から神田にいたる土地、十万余坪を、百二十八万円で買い取った。陸軍省の軍事演習場だった。人々は「三菱が原」と呼んだり、「三菱村」と言ったりした。トーマスはこの三菱村を、みずから四輪車のハンドルを握って走り回った。

明治二十六年、トーマスは三菱の終身顧問となった。報酬は他の役員の最高額より二割増しだった。

明治三十二年、最愛の妻であり、トーマスの最高の理解者だったツルを亡くした。

ツルの内助の功がなければ、トーマスの日本での成功はあり得なかったろう。晩年、温厚に過ごしたトーマスが、激怒したことがある。欧州からの客人と会食していた折、「日本の政治家の多くが芸者を娶《めと》っている」と、客の一人が嘲笑ったためだ。トーマスの妻は花外楼の芸者だった。

明治三十六年、芝公園が再開発となり、あらたに麻布富士見町に千四百坪の土地を買った。伊藤博文の屋敷を貰いうけ、移築して終《つい》の棲家《すみか》とした。

老後のトーマスは、野山を駆け巡って楽しんだ。箱根や日光で釣りをしたり鳥撃ちをしたりしたのだ。少年時代のアバディーンの思い出を、追い求めるかのように。

明治四十四年十二月十六日、トーマス・ブレーク・グラバーは七十三年の生涯を閉じた。

生まれ故郷のイギリスにもどることだけは、かたくなに拒み続けた。

了

おわりに

キリンビールの奇怪な商標に心惹かれたのは、小学校の高学年だったろうか。酒に溺れていた父の怒鳴り声を背中に受けながら、夜の峠を歩いて買ってくる酒やビールがなんと疎《うと》ましかったことか。やがてビールのラベルが、私の名前に入っている龍によく似ているのを知った。でも頭が龍で身体が馬という動物がこの世に存在するのか、私の好奇心は膨らんでいく一方だった。

血は争えないもので、長ずるにおよんで、見るのも嫌だったキリンビールは毎晩欠かせない存在となる。京都河原町四条の縄暖簾《なわのれん》で先輩とグラスを傾けているときだった。

「こんどワシ、この会社に入ることになったんや」

「キリンビールにでっか?」と私。

「いや親会社の三菱や。キリンビールは三菱ビールちゅうんや」

驚いた。三菱の創業者は岩崎弥太郎翁だ。キリンビールを手にとって、まじまじとラベルに見入ったものだ。坂本龍馬の写真が瞼のうちにちらついた。それでもなお話ができすぎていると、はやる気持ちを抑えた。

さらに十年。ある旅行雑誌の取材で長崎をおとずれた。もちろんグラバー邸にも足を運んだ。パンフレットに目を通す。驚くべき記事が書いてあった。晩年のグラバーがキリンビールの開発に携わったと。膝ががくがくと震えた。

定説では龍馬は幕府見廻り組の今井信郎に殺されたことになっている、でも何かおかしい。ウラがある。龍馬を始末して、ほくそ笑んでいるのは誰か？

単なる謎解きにしたくはなかった。二十五歳から五十六歳まで、足掛け三十年にわたって私は世界を駆け巡ってきた。おそらく地球を百回以上は回ったと思う。明治維新を外国人の目で見たらどうなるだろう。長い時間をかけて構想を温めてきた。

だが自分で会社を立ち上げていた私には、仕事は日に日に忙しくなるばかり。五十六歳の正月、私は台湾で事故に遭った。達磨さんとおなじ四肢麻痺だ。会社はまだ一人歩きできない。言うのも恥ずかしいくらいに、狂った。

「おとうさん。音声で文字を書くパソコンがあるそうよ」

情報は長女が持ってきた。

これは『グラバーの暗号』を書くために、神が与えたもうたチャンスかもしれない。

そう考えることにした。ボランティアの薗部《そのべ》郁子、山根麻里、坂本智美、柏原佐和子の皆さん、そして長女若葉が、文字どおり達磨さんの手足となって、資料蒐集、原稿整理、校正などにあたってくれた。

末尾になったが、資料としてつぎに掲げる諸賢の文献を拝見させていただいた。伏して御礼を申し上げたい。

参考文献

●グラバーおよびツル夫人関連
『トーマス・グラバー伝』アレキサンダー・マッケイ　一九九七年　中央公論社
『グラバー家の最期―日英のはざまで』多田茂治　一九九一年　葦書房
『もうひとりの蝶々夫人』楠戸義昭　一九九七年　毎日新聞社
『長崎グラバー邸 父子二代』山口由美　二〇一〇年　集英社
『グラバー夫人』野田平之助　一九九四年　新波書房
『グラバー園への招待』ブライアン・バークガフニ　二〇一四年　長崎文献社
●岩崎弥太郎関連
『三菱財閥史』三島康雄　一九八〇年　教育社
『岩崎弥太郎』立石優　二〇一〇年　ＰＨＰ研究所
『岩崎弥太郎と三菱四代』河合敦　二〇一〇年　幻冬舎
『ビールと日本人』キリンビール　一九八八年　河出書房新社
●坂本龍馬関連
『坂本龍馬の写真』伴野朗　一九八四年　新潮社

『竜馬暗殺異聞』三好徹　一九八五年　徳間書店
『竜馬がゆく』司馬遼太郎　一九八八年　文藝春秋
『河原町三条下ル、龍馬暗殺』広瀬仁紀　一九九三年　文藝春秋
『龍馬暗殺―捜査報告書』小林久三　一九九六年　光風社出版
『あやつられた龍馬』加治将一　二〇〇六年　祥伝社
『龍馬暗殺の謎』木村幸比古　二〇〇七年　ＰＨＰ研究所
『真説 龍馬暗殺』加野厚志　二〇〇九年　学研パブリッシング
『誰が龍馬を殺したか』三好徹　二〇一〇年　光文社
『幕末龍馬伝』近藤崇　二〇一〇年　ＰＨＰ研究所
『「坂本龍馬」の誕生』知野文哉　二〇一三年　人文書院
『龍馬暗殺』桐野作人　二〇一八年　吉川弘文館
『週刊ＡＥＲＡ』野村昌二　二〇一七年六月十二日号　朝日新聞出版
●長州藩関連
『高杉晋作と久坂玄瑞』池田諭　一九六六年　大和書房
『異人館』白石一郎　一九九七年　朝日新聞社
●薩摩藩関連

『生麦事件』吉村明　一九九八年　新潮社
『大西郷という虚像』原田伊織　二〇一六年　悟空出版
●欧米人関連
『遠い崖―アーネスト・サトウ日記抄』萩原延壽訳　一九九八年　朝日新聞社
野口富蔵伝　幕末英国外交館アーネストサトウの秘書
『維新の港の英人たち』ヒュー・コータッツィ　一九八八年　中央公論社
●明治維新について
『山口百年　維新の遺跡』読売新聞社、読売新聞社西部本社編　一九六七年　浪速社
『明治維新論』奈良本辰也　一九六八年　徳間書店
『勝海舟全集』一九七二年　勁草書房
『もう一つの維新』奈良本辰也　一九七四年　新潮社
『新選組血風録』司馬遼太郎　一九七五年　中央公論新社
『酔って候』司馬遼太郎　一九七五年　文藝春秋
『歴史に学ぶ　明治維新入門』奈良本辰也　一九八一年　潮出版社
『偽りの明治維新』星亮一　二〇〇八年　大和書房
『明治維新という過ち』原田伊織　二〇一五年　毎日ワンズ

著者略歴

出口臥龍（でぐち がりゅう）

昭和 22 年（1947）、下関市に生まれる。立命館大学一部文学部史学科日本史専攻中退。新聞記者、雑誌記者、フリーランサーを経て、平成3年（1991）に自転車関連の出版社を設立。平成 16 年（2004）、台湾取材中に高速道で事故に遭い頸髄損傷に。以後、療養生活をつづけながら文筆活動に専念。『今ひとたびの旅立ち』『ワラをも掴め!!』『疵（きず)』『霧笛海峡（前編)』（以上ブックコム）、『溺れ谷心中』（龍書房、葉山修平主宰同人誌「雲」第 203 号—第 205 号に連載）、『魯山人になりたかった陶芸家—番浦史郎の光と影』『指紋のない男』『台湾点描』（いずれも未完）などの著作がある。日本歴史学会会員。

グラバーの暗号《あんごう》　龍馬暗殺《りょうまあんさつ》の真相《しんそう》

2018年7月10日　第1刷発行

著　者　出口 臥龍
発行人　久保田貴幸

発行元　株式会社 幻冬舎メディアコンサルティング
〒151-0051　東京都渋谷区千駄ヶ谷4-9-7
電話　03-5411-6440（編集）

発売元　株式会社 幻冬舎
〒151-0051　東京都渋谷区千駄ヶ谷4-9-7
電話　03-5411-6222（営業）

印刷・製本　シナジーコミュニケーションズ株式会社
装丁　幻冬舎デザインプロ　坂本 洋介

検印廃止

Printed in Japan
ISBN 978-4-344-91799-6 C0093
幻冬舎メディアコンサルティングHP
http://www.gentosha-mc.com/